Wilhelm Roscher

Die große und die kleine Industrie

Anatiposi

Wilhelm Roscher

Die große und die kleine Industrie

Unveränderter Nachdruck der Originalausgabe von 1850.

1. Auflage 2023 | ISBN: 978-3-38240-030-9

Anatiposi Verlag ist ein Imprint der Outlook Verlagsgesellschaft mbH.

Verlag: Outlook Verlag GmbH, Zeilweg 44, 60439 Frankfurt, Deutschland
Vertretungsberechtigt: E. Roepke, Zeilweg 44, 60439 Frankfurt, Deutschland
Druck: Books on Demand GmbH, In de Tarpen 42, 22848 Norderstedt, Deutschland

der Männer, das Geschrei der Kinder dieses unglücklichen Ägyptervolks, vom Norden bis zum Süden des Landes hin, gesehen und gehört: erbarme sich der Vicekönig ihrer — und sein Gedächtniß wird auf der Nachwelt unsterblich fortleben. Das walte Gott!

Die große und kleine Industrie. *)

I. Handwerk und Fabrik.

Für den neuern Gewerbfleiß ist die Fabrik ebenso charakteristisch und tonangebend, wie das Handwerk für den mittelalterlichen. Denn selbst die Handwerke trachten heutzutage, um recht zeitgemäß zu sein, nach Fabrikähnlichkeit, während in frühern Perioden selbst die Fabriken, soweit sie schon vorhanden waren, die Handwerksähnlichkeit nicht verleugnen konnten. Und zwar ist der Unterschied zwischen beiden nicht auf die wirthschaftlichen Methoden und Ergebnisse beschränkt, sondern erstreckt sich gleichermaßen auf die socialen und politischen Verhältnisse.

Der Handwerker pflegt im Kleinen zu arbeiten, gewöhnlich auf Bestellung; der Fabrikant hingegen im Großen, gewöhnlich auf Vorrath, d. h. für eine noch nicht erklärte, sondern erst erwartete Nachfrage. Es gibt auch Handwerker, die auf Vorrath arbeiten: man denke nur an die Seiler, Bürstenbinder, Nagelschmiede u. s. w. Aber sie verbinden regelmäßig mit der Production ihrer Waare den Verkauf derselben im Kleinen an die Consumenten. Dagegen hat die Fabrik die Bundesgenossenschaft des Krämers nöthig. Schon J. Möser berichtet, von der Mitte des 17. bis zur Mitte des 18. Jahrhunderts habe sich in Westfalen die Zahl der Handwerker um die Hälfte verringert, die Zahl der Krämer hingegen verdreifacht. Der Eisenkrämer thut den Schmieden Abbruch, der Galanteriewaarenhändler den Klempnern, Kunstdrechslern und dgl. Darum ist Möser, als warmer Freund des Handwerkerstandes, ein Feind der Krämerei. Er hebt es hervor, wie doch zu den meisten Kramgeschäften viel weniger Fleiß und Talent gehöre, als zu den meisten Handwerken, und räth deshalb, z. B. die Eisenkrämerei den Frauen der Schmiede zu überlassen, weil eben ein solcher Betrieb schon der leichtern Reparaturen halber sehr gut mit dem Handwerksbetriebe verbunden werde. Einer der frühesten deutschen Nationalökonomen, von Schröder, hatte fast ein Jahrhundert vor Möser die Krämer Blutegel des Landes geheißen, welche den armen Handwerkern das Blut aussögen. **) Beim Handwerke steht die persönliche Arbeitskraft im Vordergrunde, die in manchen Fällen sehr ausgebildet sein kann; eben deshalb arbeitet der Unternehmer (Meister) persönlich unter seinen Gehülfen (Gesellen), mit ähnlichen Werkzeugen, wie diese. Der Fabrikant hingegen hat nicht sowol Gehülfen um sich, wie Arbeiter unter sich; sein vornehmstes, liebstes Instrument ist die Maschine, d. h. also ein Capital, das ungleich mehr Arbeit gekostet und wiederum ungleich mehr Arbeit ersetzt, als die gewöhnlichen Werkzeuge. In seinem Geschäfte wiegt überall das Capital weit mehr über die gemeine Arbeit vor. Wie sich in der Landwirth-

---

*) Verfasser dieser Abhandlung ist der Nationalökonom Hofrath und Professor Dr. Wilhelm Roscher in Leipzig.
D. Red.

**) „Fürstliche Schatz= und Rentkammer", S. 91.

schaft die großen Güter zu den kleinen verhalten, so die Fabrik zum Handwerke. Die Grenze sehe ich darin, daß in der Fabrik ein gebildeter Mann schon durch die bloße Oberleitung vollständig beschäftigt wird, im Handwerke dagegen diese Oberleitung dem Unternehmer noch Zeit genug übrig läßt, um auch an der unmittelbaren Ausführung theilzunehmen, was zugleich sein allgemeiner Bildungsstand durchaus nicht verschmäht.

Das Handwerk in seiner relativ blühendsten Periode war streng an Städte und Zünfte gebunden. Im Geiste des Mittelalters könnte man sagen, die Bannmeile mit allen dazu gehörigen Industriezweigen war ein Gesammtlehn der Stadt; die einzelnen Theile dieses großen Ganzen waren den Zünften als Afterlehn gegeben, bis auf einige, welche der Rath sich selbst vorbehielt, wie z. B. Rathskeller, Rathsapotheke u. s. w., und andere, die jedem Bürger ohne weiteres offenstehen sollten, die sogenannte bürgerliche Nahrung. Eine Menge von Einrichtungen war darauf berechnet, unter den Betreibern desselben Gewerbes eine gewisse Gleichheit festzuhalten: so z. B. die vorgeschriebene Maximalziffer der Gesellen oder Lehrlinge, das anbefohlene Reiheumgehen des Betriebs und dgl. Dagegen hat die Fabrik, mit Ausnahme der sogenannten Realgewerbsrechte, wie Mühlen, Brauereien u. s. w., welche doch meist auf einen blos localen Absatz berechnet waren, von jeher sowol in der Wahl ihres Orts wie in der Ausdehnung ihres Betriebs eine mehr oder minder völlige Freiheit genossen. Zwar wurde früher, wenigstens in den Continentalstaaten, zur Anlage einer Fabrik gewöhnlich eine Concession erfodert; der Staat aber versagte dieselbe nur in solchen Fällen, wo schon bestehende Fabrikprivilegien oder Zunftgerechtsame direct dagegen stritten, oder wo man „Übersetzung eines Nahrungszweiges" wahrzunehmen glaubte, oder auch wo bei holzverzehrenden Gewerben ein zu hohes Anschwellen der Holzpreise gefürchtet wurde. Die beiden letzten Gründe waren offenbar von der Art, daß sie das Selbstinteresse des Candidaten viel besser hätte einsehen und geltend machen können. Daher auch gegenwärtig so viele Staaten den Grundsatz befolgen, zwar die Handwerke, zumal die mit blos örtlichem Absatze, vor übermäßiger Concurrenz zu schützen, die Fabriken aber durchaus frei zu lassen. So z. B. Östreich, Baiern, das Königreich Sachsen, die Hansestädte u. s. w. *)

Schon in diesen wenigen Umrissen habe ich die Hauptgründe angedeutet, welche auf übrigens gleichem Terrain bei jedem Wettkampfe zwischen Fabrik und Handwerk das letztere zum Unterliegen bringen. Weil die Fabrik insgemein viel größere Capitalien besitzt, einen viel ausgedehntern Markt hat und viel mehr Arbeiter anwendet, so kann sie auch die Arbeitstheilung in viel höherm Grade vervollkommnen. Eigene Buchhalter, Kassirer, Mechaniker, Reisende finden sich regelmäßig nur in Fabriken, und gehören ohne Zweifel zu deren wirksamsten Arbeitskräften. Der Abfall des Materials, weil er in größerer Menge vorkommt, läßt sich ungleich besser nutzen: ich erinnere beispielsweise an die mit Steinkohlen arbeitenden Fabriken, welche auf diese Art ihre Gasbeleuchtung fast unentgeltlich beschaffen können. Größere Experimente sind nur der Fabrik möglich, ebenso die Benutzung günstiger Handelsconjuncturen im größern Maßstabe. Wer Credit haben will, der muß offenbar in seinen creditwürdigen Eigenschaften, Zahlungsfähigkeit und Zahlungsredlichkeit, bekannt sein; nun ist aber der Große, weil er hervorragt, natürlich in viel weitern

---

*) Die englische Wollindustrie scheint während der ersten Jahrhunderte ihres Bestehens ziemlich gleichmäßig über das ganze Reich verbreitet gewesen zu sein. Dagegen versuchte man im 16. Jahrhundert, sie blos auf die Städte zu beschränken: es sollten z. B. Coverlets nur in York, Worstedgarn nur in Norwich gemacht werden (unter Heinrich VIII.). Andere Gesetze verboten den Gebrauch von Maschinen (5 und 6 Edward VI., Cap. 22), oder auch daß ein Tuchmacher mehr als eine bestimmte Anzahl von Webstühlen halten sollte (2 und 3 Phil. and Mary, Cap. 11). Diese Maßregeln haben wirklich bis auf Georg III. herunter den Erfolg gehabt, jede Verbesserung des Wollgewerbes zu verhindern, bis der gewaltige Aufschwung, welchen die Baumwollverarbeitung nahm, auch die der Wolle mit sich fortriß. Förmlich aufgehoben wurden jene Gesetze erst 1807.

Kreisen bekannt, als der Kleine. Die mächtigen Hülfsmittel, welche Banken und Wechsel darbieten, sind dem Handwerker insgemein verschlossen; der Fabrikant besitzt deshalb nicht allein größere Capitalien, sondern er verstärkt sie auch auf dem Wege des Credits mit einem viel größern Multiplicator. Alle sogenannten Generalproductionskosten sind beim großen Betriebe verhältnißmäßig kleiner. So z. B. wird ein großer, beständig geheizter Ofen, der ebenso viel Gußeisen liefert, wie zehn kleine, ganz gewiß nicht zehn mal so vielen Brennstoff verzehren, wie einer der letztern, weil bei diesen schon durch die häufige Unterbrechung eine Menge Hitzkraft verloren geht. *) Ebenso wenig wird der große Ofen eine zehn mal so weite Fläche bedecken, oder zehn mal so viele Bausteine enthalten. Ein Fabrikant, welcher ebenso viel producirt, wie hundert Handwerksmeister, kann sich mit einem verhältnißmäßig weit geringern Unternehmerlohne begnügen, deshalb seine Waare auch aus diesem Gesichtspunkte wohlfeiler ablassen, und doch absolut viel besser leben, als die Handwerker. Ein Hauptvortheil der Fabrik endlich besteht darin, daß der Fabrikant zu den höhern Ständen gehört, deshalb mehr Kenntnisse und Verbindungen zu besitzen pflegt, als der Handwerker. Die Hülse der Wissenschaft, welche doch mehr und mehr die bloße Routine überflügelt, kann der Letztere gewöhnlich erst dann benutzen, wenn sie Gemeingut der civilisirten Menschheit geworden ist.

Es leuchtet ein, daß alle die Vortheile, welche der Fabrik gegenüber dem Handwerke zugebote stehen, mit der wachsenden Größe der Fabrik nicht blos absolut, sondern auch verhältnißmäßig zunehmen. Nach den Aussagen der Sachverständigen vor dem berliner Handelsamte (1845) kostet bei einer englischen Flachs-Maschinenspinnerei von 10000 Spindeln das Anlagecapital pro Spindel 25,6 Thaler, das Schock Garn 10 Thaler 8 Silbergroschen; bei 4000 Spindeln das Anlagecapital pro Spindel 27,6 Thaler, das Schock Garn 11 Thaler 2 Silbergroschen. Ure erzählt einen Fall, wo der Unternehmer mit 20000 Pfund Sterling Capital anfing und 6 % verdiente; er konnte aber genau berechnen, daß er bei Verdoppelung seines Capitals 9 % verdienen würde. Freilich gilt diese Regel nur bis zu dem Punkte, wo die Unternehmung allzu groß geworden ist, um noch von Einem Plane geleitet, von Einem Auge controlirt zu werden. Indessen rückt beinahe jede geschicktere Arbeitstheilung, jede Verbesserung der Communicationsmittel diesen unüberschreitbaren Punkt in weitere Ferne. Wie sehr haben in dieser Beziehung nicht schon die Makler gewirkt! In Manchester braucht kein Baumwollfabrikant eigene Vorräthe von Rohstoff zu magaziniren, weil nicht blos im nahen Liverpool, sondern in Manchester selbst eigene Kaufleute diesen Rohstoff jederzeit in größter Menge und Auswahl bereitliegen haben. Ist die Waare fertig, so kann er sich gleich wieder die ganze kaufmännische Seite des Vertriebs abnehmen lassen, weil zu jeder Zeit Speculanten bereit sind, von ihm zu kaufen. Nicht einmal mit Kassenarbeiten braucht er viele Zeit zu verlieren, da nach englischer Sitte die Bankiers das Kassengeschäft ihrer Kunden besorgen. — Zu den bedeutendsten Vorzügen, welche England im Wettkampfe mit fremden Industrien besitzt, muß ohne Zweifel die Concentration seines Gewerbfleißes in ganz kolossale Unternehmungen gezählt werden. So gab es schon 1834 eine englische Zitzfabrik, die über eine Million Stück jährlich producirte, d. h. ebenso viel wie die ganze Normandie, halb soviel wie der Elsaß, wo die größte Fabrik dieser Art nur 60000 Stück jährlich hervorbrachte. Auf eine Baumwollspinnerei kommen durchschnittlich in England 11000 Spindeln, Nordfrankreich 6500, Belgien 4600, Preußen und Sachsen 2275, Westfalen sogar nur 208 Spindeln. Auf eine Wollspinnerei in England 1000—2500 Spindeln, im Zollverein 220, Baiern 5—400, Preußen 190, Sachsen 5—600 Spindeln. Eine chemische Fabrik zu Glasgow besitzt einen Schornstein von 435 Fuß Höhe; wie viele Thürme der Welt sind höher? Von der londoner

---

*) Graf Rumford hat nachgewiesen, daß ein Backofen, der bei der ersten Heizung 366 Pfund Holz erfodert, wenn er ununterbrochen geheizt wird, von der sechsten an nur jeweilig 74 Pfund nöthig hat („Kleine Schriften“, 1, Beilage Nr. 28).

Bierfabrikation mag es einen Begriff geben, daß am 14. Oct. 1814 bei Maur ein Faß zersprang, welches durch drei Stockwerke ging und dessen ausströmender Inhalt eine Überschwemmung verursachte, worin acht Menschen ertranken. Die Brauerei von Barclay, Perkins und Compagnie hat in ihren Kellern 120 Riesenfässer, wovon mehre 3600 Barrels enthalten*); in einer ihrer Braupfannen kann ein Tisch für 25 Personen gedeckt werden. Sie beschäftigt außer zwei Dampfmaschinen 250 Arbeiter im Hause und 3—400 außerhalb; ein Marstall von 150 elefantenähnlichen Karrenpferden besorgt die Bierfuhren. Die Production dieser einen Fabrik belief sich 1825 auf mehr als 357000 Barrels Porter, und ihre Abgaben früher, als noch die alten, hohen Steuersätze galten, bis auf 400000 Pfund Sterling in einem Jahre. Nach C. G. Simon, „Observations recueillies en Angleterre en 1835" (I, 123), verkauft sie jährlich für 40 Millionen Francs Bier, während alle pariser Fleischer nur für 45 Millionen Francs Fleisch absetzen. Ein birminghamer Fabrikant erwarb sich blos mit Verfertigung gläserner Augen für Puppenköpfe ein großes Vermögen; er hatte aber zuweilen eine einzelne Bestellung dieses Artikels für 500 Pfund Sterling erhalten. Die Knopfindustrie wird zu Birmingham in so gewaltigem Stile betrieben, daß 1854 ein einzelner Fabrikant 10000 Dutzend stählerne Prägstempel für Livréeknöpfe hatte (Macculloch). Die englische Roheisenproduction geht nur aus 452 Hochöfen hervor, die aber im Jahre 1848 2,095000 Tonnen Eisen lieferten; in Frankreich zählte man 1846 freilich 496 Hochöfen, aber ein Product nur von 522000 Tonnen. Ein schottisches Eisenwerk liefert wöchentlich 34000 Centner; eins in Südwales bedeckt mit seinen Gebäuden 1¼ Acre Land, alles unter einem Dache. Wo dieser Gewerbzweig wahre Fortschritte macht, da steigert sich mehr die Größe als die Anzahl der einzelnen Unternehmungen. So kamen z. B. auf einen englischen Hochofen durchschnittlich im Jahre 1740: 288 Tonnen, 1788: 800, 1796: 1000, 1806: 1785, 1827: 2460, 1840: 3480, 1848: 4650 Tonnen. — Schon im Mittelalter läßt sich dasselbe Entwickelungsgesetz nachweisen. So gab es um 1340 in Florenz 200 Wollfabriken, die jährlich 70—80000 Stücke Tuch zum Werthe von 1,200000 Goldgulden lieferten; ein Drittel dieser Summe kam auf den Lohn der 30000 Arbeiter. Etwa 30 Jahre früher hatte es 300 Fabriken gegeben, die zwar 100000 Stücke Tuch, aber viel gröberes, nur zum Werthe von etwa 600000 Goldgulden producirten. **) Auch bei den alten Griechen in ihrer spätern Periode weisen Fälle, wie z. B. Demosthenes als Besitzer einer Waffen- und einer Deckenfabrik, ein anderer namhafter Mann als Weber und Schuhmacher im Großen ***), auf ein Stadium des Gewerbfleißes hin, wo der Unternehmer einer Fabrik bloßer Capitalist war, nicht einmal Techniker mehr zu sein brauchte. Es ist daher gewiß keine wohlthätige Wirkung so mancher deutschen Gewerbschutzzölle, daß sie neben einzelnen großen Fabriken, die ohne Schutz bestehen könnten, einer Menge von kleinen Unternehmungen kümmerlich das Leben fristen. Während jeder richtig angelegte Zollschutz eine Erziehungsmaßregel ist, die mit der Zeit ihre eigene Entbehrlichkeit herbeiführt, charakterisiren sich dergleichen verkehrte Schritte vornehmlich dadurch, daß sie den Vorsprung der ausländischen Mitbewerber noch immer größer machen und die Ansprüche der Inländer auf immer höhern Schutz lauten. †)

Der bedeutendste Unterschied zwischen Fabrik und Handwerk liegt in der socialen Stellung der beiderseitigen Genossen zueinander. Beim Handwerk gehören die Zusammenarbeitenden durchaus demselben Stande an. Wie der Meister selbst früher

---

*) Ein Barrel = 126—127 preußische Quart.

**) Sismondi, „Geschichte der italienischen Republiken im Mittelalter", V, 353 fg.

***) Vgl. Demosthenes adv. Aphob., S. 816; Aeschines adv. Timarch., S. 119.

†) Was soll man gar von den Chinesen urtheilen, wo z. B. in Kanton die größte Fabrik nur 20 Arbeiter zählt? („Journal des économistes", Juli 1854, S. 28.)

Gesell und Lehrbursche gewesen, so hat jeder Lehrling und Gesell, wenn seine Aufführung auch nur eine durchschnittliche ist, begründete Hoffnung, einmal das Meisterrecht zu erlangen. Es liegt in dieser Aussicht, wie die Menschen gewöhnlich sind, ein sehr bedeutender Sporn und Zügel der Sittlichkeit. Insbesondere wird eine Hauptquelle volkswirthschaftlichen Unheils, nämlich vorzeitige, leichtsinnige Ehen gar sehr vermindert, sobald man weiß, daß die Opfer des längern Wartens durch eine wirklich mehr gesicherte und behagliche Stellung der künftigen Familie belohnt werden sollen. Wenn früher die meisten Städte weniger Geburten als Todesfälle hatten, also fortwährend eines Bevölkerungszuschusses vom platten Lande her bedurften, und heut zutage oft gerade die Städte am meisten zur Volksvermehrung beitragen: so hat dieser wichtige Umschwung freilich mehre Ursachen, verbesserte Baupolizei, Medicinalpolizei und dgl., allein der Hauptgrund liegt ohne Zweifel in der Auflockerung der alten Zunftverhältnisse. Die Fortpflanzung des städtischen Gewerbstandes ging vormals beinahe ausschließlich von den Meistern aus, d. h. von der an Zahl kleinern, an bürgerlicher Stellung höhern Hälfte des Ganzen; während im Fabrikleben die meisten Kinder von den Arbeitern gezeugt werden, d. h. also von der schlechtest gestellten, aber weitüberwiegenden Mehrzahl des Standes. Solange der Gehülfen des Handwerkers noch wenige waren, die Gesellen unter des Meisters Dache wohnten *), an seinem Tische aßen, die Lehrburschen unter seiner Zucht standen, war der einzelne Gewerbsbetrieb einer Familie ähnlich. Das ganze Gewerbe aber, solange die Zunftverfassung in frischer Blüte stand, glich einer Brüderschaft. Konnten hier keine großen Reichthümer vorkommen, so war doch auch jeder allzu bittern Armuth einzelner Genossen vorgebeugt. Die mancherlei Schranken, welche den Ausgezeichneten einengen mußten, waren für den Schwachen doch eine Stütze. Viele Zunfteinrichtungen konnten geradezu als eine Assecuranz gegen Krankheit, Altersschwäche, Verwittwung und Verwaisung betrachtet werden. Durch alles Dergleichen mochte häufig Indolenz und Phlegma einen bedauerlichen Vorschub erhalten; es wurde aber auch andererseits Gleichmuth und Lebensfreude dadurch befördert. — Der Fabrikant hingegen steht hoch über seinen Arbeitern; er ist nur in den seltensten Fällen ihres Gleichen gewesen, so haben auch sie äußerst wenig Hoffnung, je seines Gleichen zu werden. Je größer die Arbeitstheilung, umsomehr ist der Arbeiter, der Tag aus Tag ein dasselbe Geschäftspartikelchen verrichtet, jeder Aussicht auf Beförderung, geschweige denn Selbständigkeit beraubt. Der Handwerksgeselle dagegen bildet sich zu einem ganzen Gewerbe aus, in ungleich längerer Zeit und mit ungleich vielseitigerer Mühe, sodaß sein, wenn ich mich so ausdrücken darf, persönliches Capital ungleich bedeutender ist. Er braucht in der Regel nur von seiner eigenen Kraft und Thätigkeit abzuhängen, weil er so viele untereinander meist unverbundene Consumenten bedient, daß ihn kein Einzelner darunter willkürlich zu verderben im Stande ist; der Fabrikarbeiter hingegen kann sehr leicht durch die von ihm ganz unverschuldeten Misgriffe oder Schlechtigkeiten seines Herrn ins Elend gerathen. Weil er meist verheirathet ist, kann er viel weniger leicht einen andern Wohnort oder Herrn suchen, als der Handwerksgeselle. Wird er krank oder altersschwach, so ist keine Corporation bereit sich seiner anzunehmen; wenn er nicht persönlich früher gespart hat, so muß er der Mildthätigkeit seines Herrn oder wol gar des Publicums zur Last fallen.

Wie groß der Unterschied zwischen Fabrik und Handwerk in Bezug auf das Verhältniß der abhängigen Mitglieder zu den selbständigen ist, mögen folgende Zahlen deutlich machen. Auf je 100 Handwerksmeister kommen in Spanien 33 Gesellen und Lehrlinge, in Baden (bei den 33 wichtigsten Handwerken) 42 Gesellen,

---

*) Dies ist in jeder Beziehung eine Hauptsache. In Paris und ähnlichen großen Städten wohnt der Geselle nicht bei seinem Meister, weil dieser gewöhnlich in einer lebhaften Verkehrsstraße, also mit größter Raumersparniß, gemiethet hat; auch ißt er nicht bei ihm, weil die Meisterin den ganzen Tag über im Laden sitzen muß. Unter solchen Umständen fällt die Mehrzahl der sittlichen Vorzüge des Handwerkerlebens weg. Die Gesellen haben in Paris verhältnißmäßig ebenso viel wilde Ehen, wie die Fabrikarbeiter.

in Preußen 1843: 87 Gesellen und Lehrlinge, 1849 nur 83; in Würtemberg 25, in Nassau 35, in Sachsen 143, in Baiern 185. Diese Unterschiede hängen wesentlich zusammen mit dem juristischen oder factischen Schwierigkeitsgrade, Meister zu werden. So z. B. je größer die Stadt, umsomehr pflegt das Handwerk einen fabrikähnlichen Charakter anzunehmen: in Preußen kommen auf 100 Meister in den großen Städten 117 Gehülfen, in den kleinen 58, in Flecken und Dörfern 28. Bei den Maurern und Zimmerleuten, die gewöhnlich mit größerm Capitale arbeiten, haben in Preußen 100 Meister sogar 455 Gehülfen. — Dagegen findet man durchschnittlich auf eine preußische Maschinenfabrik 250 Arbeiter, auf eine badische 270, auf eine zollvereinsländische 30; auf eine thüringische Topffabrik 56, auf eine böhmische Porzellanfabrik 1—200, auf eine preußische Glasfabrik 33, auf eine bairische 42, auf eine sächsische 18, auf eine thüringische 44, auf eine badische 45, auf eine kurhessische 59, auf eine zollvereinsländische überhaupt 36; auf eine schlesische Baumwollweberei 5—600, auf eine bairische 170, auf eine thüringische 140, auf eine kurhessische 117, auf eine sächsische 122, auf eine rheinpreußische 90, auf eine westfälische 97, auf eine badische 67; auf eine zollvereinsländische Wollspinnerei 11—12, auf eine zollvereinsländische Wollweberei 13—14; auf eine östreichische Papierfabrik 80, auf eine böhmische 250 Arbeiter. *) In England rechnet man durchschnittlich für jede sogenannte Factory 500 Arbeiter. **) Auch auf dem Continente gibt es einzelne riesenhafte Unternehmungen: so z. B. soll die Cockerill'sche Fabrik zu Seraing 1846 4200 Arbeiter gehabt und ein Product von 17 Millionen Francs hervorgebracht haben; die Liebig'sche Wollfabrik zu Reichenberg in Böhmen beschäftigte gegen 3000 Webstühle und 7—8000 Arbeiter.

Während die Handwerker vormals den Kern des Mittelstandes bildeten, hat sich gegenwärtig der reiche Fabrikherr ebenso sehr über den Mittelstand erhoben, wie der proletarische Fabrikarbeiter unter denselben herabgesunken ist.

Übrigens können Fabriken erst auf einer ganz bestimmten Entwickelungsstufe der Volkswirthschaft in größerm Maße vorkommen. Es müssen die gewöhnlichen Bedingungen der höhern Arbeitstheilung zuvor gegeben sein. Also bedeutende Capitalisten müssen existiren, ein weiter Absatz vorhanden sein, auch ein dürftiger und doch zahlreicher Arbeiterstand sich gebildet haben, der in strenger Subordination und ohne viel Aussicht auf Beförderung zu dienen bereit ist. Wo nun Fabriken aufblühen, da pflegen sie diese Voraussetzungen, auf denen sie beruhen, auch ihrerseits noch weiter zu bilden: wie ja gewöhnlich in menschlichen Dingen die Ursachen und Folgen eine Wechselwirkung aufeinander ausüben. Insbesondere tragen die Fabriken zur Steigerung der Vermögensungleichheit und zur Ausdehnung des Marktes gern bei. Aber etwas muß ihnen doch schon vorgearbeitet sein, wenn sie gedeihen sollen. Was Deutschland betrifft, so finden wir den ersten fabrikmäßigen Betrieb zu Anfang des 15. Jahrhunderts in Augsburg und Nürnberg. ***) Dagegen wollten in Altbaiern noch zu Ende des vorigen Jahrhunderts die zahlreichen Versuche des Staats, durch Zölle, Prämien, Monopolien eine Fabrikindustrie zu erkünsteln, keine rechte Wurzel fassen. Es fehlte nicht blos an einem hinlänglichen, festgegründeten Absatz, sondern hauptsächlich waren weder die Unternehmer reich genug, noch die Arbeiter zahlreich und arm genug, um mit Erfolg an Fabriken denken zu können. †) So hat man im heutigen Finnland die Tuchfabriken auf alle Art zu begünstigen gesucht: nicht nur durch Schutzzölle, technische Lehranstalten u. s. w., sondern auch durch obrigkeitliche Capitaldarlehne zu 2%. (Hierbei ist die natürliche Höhe des russischen Zinsfußes nicht außer Acht zu lassen!) Gleichwol gesteht der Statistiker von Finnland, Gabriel Rein, daß die Leute, welche dort ganz vornehm „Tuchfabrikanten" heißen, in der That armselige Handwerker sind, die nur mit gelieferter Wolle arbeiten können.

---

*) Vgl. Kotelmann, „Statistische Übersicht Östreichs und des Zollvereins" (Berlin 1852).
**) „Edinburgh review", April 1849, S. 432.
***) Vgl. Becher, „Politischer Discurs, herausgegeben von Zinken", II, 1422 fg.
†) Rudhart, „Zustand von Baiern", II, 178.

Am wenigsten bedroht von der Concurrenz der Fabriken sind diejenigen Handwerke, deren Product einem, für jeden einzelnen Fall wechselnden Bedürfnisse, local oder individuell angepaßt werden muß. Dahin gehören unter Anderm die Reparaturgewerbe; sodaß z. B., troß aller Gewehr= und Uhrenfabriken, in jeder Mittelstadt handwerksmäßige Büchsenschäfter und Uhrmacher nöthig bleiben. Eine große Fabrik wird sich nicht füglich auf die Reparatur, selbst ihrer eigenen Producte, einlassen können: die Rücksicht hierauf ist dann für manche Käufer ein Grund, sich die reparaturbedürftige Waare von vornherein lieber durch Handwerker machen zu lassen. Ich erinnere ferner an die Gewerbe des localen Anbringens, wie bei Glasern, Ofensehern, Schlössern u. s. w.; des localen Reinigens, wie bei Schornsteinfegern. Gemacht können die Schlösser freilich auch in Fabriken werden; es geht aber mit der größern Einförmigkeit der Producte, welche das fabrikmäßige Modellsystem herbeiführt, gerade bei Schlössern eine größere Unsicherheit vor Dieben, also Unzweckmäßigkeit, Hand in Hand. Die rein persönlichen Dienste des Barbiers, Friseurs u. s. w. sind für die Fabrik natürlich ganz ungeeignet. Nicht viel mehr die Arbeiten, welche der täglichen Consumtion schnell vergängliche Nahrungsmittel liefern, wie bei Fleischern und Bäckern. Von den Gewerben des individuellen Maßnehmens, wie sie der Schneider und Schuster betreiben, glaubte man früher Dasselbe; jedoch haben die neuern Kleidermagazine durch eine sehr große Auswahl der verschiedenartigsten fertigen Producte den handwerksmäßigen Vortheil der persönlichen Bestellung mit dem fabrikmäßigen des Lagerarbeitens auf Vorrath zu verbinden gewußt. Gewöhnlich wurden solche Magazine von einzelnen hervorragenden Meistern, an die sich namentlich fremde Käufer vorzugsweise zu wenden pflegten, allmälig gebildet; heruntergekommene Meister, arbeitslose Gesellen u. s. w. fingen hernach an, die Beschäftigung durch sie als eine Zuflucht zu ergreifen. So wurde beiden Extremen des Handwerkerstandes geholfen, und das Gewerbe im Ganzen brauchte wenigstens nicht nothwendig darunter zu leiden, weil die Magazine vorzugsweise für den Handel, für durchreisende Fremde und ähnliche, früher kaum denkbare Absaßgelegenheiten bestimmt sein konnten. Die Geschäfte des Maurers und Zimmermanns werden dem Handwerke wol stets verbleiben, aber die Meister durch Capitalreichthum und Speculation immer zahlreichere Gesellenscharen unter sich vereinigen, sich durch höhere Bildung immer mehr von diesen unterscheiden, und somit wird das Ganze einen immer fabrikähnlichern Charakter bekommen.

Die vor den Fabriken mehr oder weniger gesicherten Handwerke haben doch immer noch eine recht breite Grundlage im Volksleben. Ich wähle absichtlich als Beispiel einige Länder mit besonders hoch entwickelter Fabrikthätigkeit. So zählt das Königreich Sachsen nur 135328 selbstthätige Personen in den Fabriken; dagegen in den handwerksmäßigen Gewerben, die sich mit Herstellung und Beschaffung von Nahrungsmitteln, Anfertigung von Kleidern, Herstellung und Ausstattung von Wohnungen beschäftigen, 228326. Die belgische officielle Statistik hat für die handwerksmäßigen Gewerbe der Nahrung, Kleidung, Bauten und Möbeln 296379 Arbeitende, für die Fabriken 336447. Freilich mit dem großen und charakteristischen Unterschiede, daß hier auf nur 3696 Herren 552751 Diener kommen, dort hingegen auf 102762 Herren 193617 Diener. In Großbritannien endlich, wo sich die Laien der Statistik zu denken pflegen, daß Alles von Fabrikarbeitern wimmele, gab es 1841 auf ungefähr 1 Million Fabrikarbeiter blos an Bäckern, Fleischern, Schustern, Schneidern, Maurern, Dachdeckern, Steinmeßen und Pflasterern, Zimmerleuten Tischlern, Tapezierern, Rademachern, Drechslern, Glasern, Schlossern, Schmieden, Uhrmachern, Sattlern, Mühlbauern und Müllern = 1,047077 beschäftigte Männer.

II. Häusliche Manufactur.

Eine höchst interessante Mittelstufe zwischen der eigentlichen Fabrik und dem Handwerke ist die für den Handel arbeitende Hausindustrie, oder wie ich sie vor zugsweise nennen möchte, die Manufactur. *) Sie geht in vielen Fällen aus einem Nebengewerbe des Landmanns hervor, das im Anfange wol gar allein von den weiblichen Hausgenossen betrieben wurde. Als ein Extrem der Gedanken, welche ursprünglich hier zugrunde lagen, mag es gelten, daß in Ungarn noch zu Anfang dieses Jahrhunderts Webergesellen von der Jugend verhöhnt wurden, „weil das Weben nur für Weiber passe". (Csaplovics.) Bei uns bildet der Weber gerade eins der gewöhnlichsten Beispiele von Hausindustrie: der Weber, der vielleicht einen bis vier Stühle besitzt, außer seiner Familie noch einige bezahlte Gehülfen beschäftigt, daneben Landbau treibt, sodaß während der Ernte u. s. w. Alle zusammen dem letztern obliegen. So wird z. B. im französischen Flandern die Wollweberei noch jetzt getrieben. Die Bauern thun es in ihren Mußestunden; die alten Leute, die sonst nichts mehr beschaffen könnten, helfen hierbei, jeder regnichte Tag wird benutzt. Wenn ein Stück Zeug fertig geworden ist, so bringt man es nach Lille, Cambrai, Douai und verkauft es an den Meistbietenden unter den sogenannten Fabrikanten, der es färben, appretiren und in den Handel kommen läßt.

Dies Verfahren hat an sehr vielen Orten den Kern gebildet, woraus sich allmälig die großen Fabriken entwickelten. Nicht blos im Mittelalter, sondern bis tief ins vorige Jahrhundert herein war die Hausindustrie fast allein herrschend.**) In Lancashire z. B. verschafften sich vor 1760 die Baumwollweber, allenthalben auf den Dörfern zerstreut, Einschlag und Kette so gut sie konnten, und trugen ihre Gewebe selbst zu Markte. Seit 1760 wurde es üblich, daß die Kaufleute von Manchester Agenten umherschickten, welche den Webern irisches Garn zum Aufzuge ***) und rohe Baumwolle gaben: letztere ward dann in der Familie des Webers zuvor gesponnen. Gegen früher war dies immerhin ein großer Fortschritt der Arbeitstheilung, sofern der Weber jetzt der Mühe enthoben wurde, sich Rohstoff und Kunden aufzusuchen. Aber eine weitere Arbeitstheilung war hierbei nicht anzubringen. Erst im Gefolge des Maschinenwesens sind die großen Factoreien von Lancaster aufgekommen. Der Übergang war im Anfange sehr vortheilhaft für die kleinen Weber, da sich die Maschinenthätigkeit zunächst auf das Spinnen warf (der Powerloom ward erst 1787 erfunden). Ihr Rohstoff wurde folglich sehr wohlfeil, der Absatz der Baumwollzeuge wuchs ungemein und die Nachfrage nach Weberhänden, somit auch der Weberlohn war in raschester Zunahme. Kein Wunder, wenn eine Menge von Bauern, die das Weben bis dahin als Nebensache getrieben hatten, es jetzt zur Hauptsache erhoben. Wie nachher der Maschinenwebstuhl erfunden wurde, schafften sie sich auch diesen an, um die Gunst der Conjunctur noch vollständiger auszubeuten. Allein die Meisten, die solchergestalt in den großen Strom der Industrie eingetreten waren, sahen sich bald von demselben fortgerissen. Eine Erfindung oder Verbesserung jagte die andere; Einrichtungen, die gestern noch genügt hatten, wurden heute schon überflügelt durch neue: wer da nicht mitkonnte, der mußte nach längerm oder kürzerm vergeblichen Kampfe die selbständige Concurrenz aufgeben, hatte inzwischen gewöhnlich Haus und Hof, die in Werkstätten, Maschinen u. s. w. verwandelt waren, zugesetzt, und mußte schließlich froh sein, als abhängiger Fabrikarbeiter an den Dienst der Geschicktern und Glücklichern einzutreten. Auf diese Art sind einzelne kleine Gewerbtreibende, wie z. B. Arkwright und der ältere Peel, zu fürstlicher Stellung gelangt; die große Mehrzahl hingegen hat ihre wirthschaftliche Selbständigkeit eingebüßt. Als in Zürich, St.-Gallen u. s. w. zwischen 1760 und 1770 die Baumwoll- und Seidenfabriken aufblühten, wurde es in den Urcantonen üblich,

---

*) Das domestic system der Engländer, gegenüber dem factory system.

**) Noch jetzt in den Vereinigten Staaten, wo freilich vor hundert Jahren z. B. die pennsylvanischen Bauern fast 90 % ihrer Kleidung selbst verfertigten (Ebeling, „Geschichte und Erdbeschreibung von Nordamerika", IV, 377).

***) Nämlich Flachsgarn, weil man damals noch nicht verstand, die Baumwollfäden so stark zu machen, wie es zum Aufzuge nöthig ist.

mit Handspinnerei dafür zu arbeiten. Dies Geschäft verdrängte vielfach den müh-samern Feldbau, daher z. B. die Mißernte von 1771 schon weit empfindlicher wurde. Neuerdings haben auch hier die Handspinner von Seiten der Spinnmaschinen große Bedrängniß erlitten. *)

Wo Fabrik und Manufactur auf demselben Felde miteinander wetteifern, da muß die erste regelmäßig den Sieg davontragen. Sie kann die Arbeitstheilung viel weiter führen: damit ist für den Nationalökonomen schon genug gesagt. Wer abwechselnd webt und den Acker baut, der wird schwerlich dieselbe Virtuosität errei-chen, als wenn er sich einem dieser Geschäfte allein widmete. Das Capital ist beim Haussysteme sehr zersplittert; die Intelligenz des Unternehmers im Großen, Verlegers, Kaufmanns, oder wie er sonst heißen mag, ist hier mit der Thätigkeit des Arbeiters nur sehr lose verknüpft. Es gibt dabei natürlich Gradunterschiede: wo der Verleger blos die Einsammlung und den Absatz der fertigen Waaren besorgt, da leistet er selbst für die ganze Production viel weniger, als wo er die Arbeiter mit Rohstoff und Muster versieht, die schließliche Appretur vollzieht u. s. w. Wie sehr durch den Betrieb in großen Gewerbsanstalten, selbst ohne alle Maschinenhülfe, der Preis der Waaren ermäßigt wird, zeigen die niedrigen Preise der handschriftlichen Bücher in Martial's Zeit. Das erste Buch dieses Dichters, 45 Octavseiten in der zweibrücker Ausgabe, kostete gebunden u. s. w. nur 5 Denare, d. h. etwa 4 Francs; die „Xenien", 22 Octav-seiten, nur 4 Sestertien = 6 bis 7 Silbergroschen, und hätten eigentlich nur 2 Sester-tien zu kosten gebraucht. **) Solche Preise lassen sich nur erklären durch das, seit Atticus eingeführte, großartige Fabrikwesen der Buchabschreiber. Im Allgemeinen leuchtet wol ein, wie der Übergang aus dem ältern System in das neuere wirth-schaftlich ein Fortschritt ist, nach welchem in der Regel jedes Gewerbe streben wird. Ist dieser Fortschritt einmal gemacht, so können die Hausarbeiten schwerlich auf die Dauer die Concurrenz der Fabrikarbeiten vertragen. Man vergleiche nur die deutsche Hausleinenweberei mit der schottischen Weberei, die gleichfalls durch Menschenhand getrieben wird. Die letztere befindet sich meist in großen, dem Fabrikanten, d. h. eigentlich Spinner und Bleicher, gehörigen Räumen, wo 50 — 100 Stühle neben-einander stehen. Außer den sonst hierbei möglichen Vortheilen, Ersparnissen u. s. w. wird namentlich allem Unterschlagen und Vertauschen des Garns auf diese Art am wirksamsten vorgebeugt. Auch die irländischen Leinweber sind durch das Aufblühen der großen Fabriken zu Dundee verdrängt worden. Das auffallendste Beispiel aber ist der Untergang der ostindischen Baumwollindustrie, welche seit einem Jahrtausend die ausgedehntesten nationalen Wurzeln hatte, durch die Nähe des Rohstoffs und die Niedrigkeit des Arbeitslohns unüberwindlich schien, und gleichwol die Concur-renz der jungen Fabriken von Lancashire selbst auf ihrem eigenen Boden nicht aus-halten konnte.

In frühern Zeiten, wo die geringere Güte der Transportmittel, die schärfere Absonderung der Volkscharaktere, Volkssitten und Volkstrachten, sowie der Mangel an Maschinen die Gewerbe nothwendig mehr über viele Länder zerstreuten; wo in jeder Production die Handarbeit unendlich wichtiger war, als das Capital: da mochte sich das Haussystem allenthalben auch durch größere Wohlfeilheit empfehlen. J. Mö-ser bemerkt, in Osnabrück sei das Leinen oft viel wohlfeiler gewesen als das Garn; aber die Landleute hätten doch fortgefahren zu weben, um den selbstgebauten Flachs in zwei verschiedenen Formen zu Markte bringen zu können. Ging die eine Form nicht, so ging vielleicht die andere, und ihre Mußestunden hatten die Leute doch ein-mal zur Flachsarbeit bestimmt. Dies sei das Geheimniß, urtheilt Möser, weshalb die englischen Leinenfabriken von den deutschen Manufacturen immer noch unterboten würden. Etwas Ähnliches gilt von der hausmäßigen Verarbeitung anderer Rohstoffe.

---

*) Meyer von Knonau, „Der Canten Schwyz", S. 134 fg.

**) Martial. Epigr., I, 118; XIII, 3. Vgl. A. Schmidt, „Geschichte der Denkfreiheit", S. 119 fg.

die von den Landleuten selbst gewonnen werden: z. B. groben Wollzeugen, Holz=
schnitzereien, Strohgeflechten u. s. w. Das war ehemals. — Heutzutage ist für den
Welthandel die größere Wohlfeilheit solcher Nebengewerbe oft eine blos scheinbare:
d. h. sie wird gewöhnlich durch eine noch geringere Güte der Leistung mehr als auf=
gewogen. Ehedem war es möglich, daß die kaufmännische Direction des Leinen=
gewerbes etwa in Hamburg ihren Sitz hatte, die technische in Schlesien. Gegen
Ende des 17. Jahrhunderts haben sich die Hamburger ein großes Verdienst um den
deutschen Gewerbfleiß erworben, indem sie in Schlesien die Nachahmung der belieb=
testen französischen Leinwandarten veranlaßten, der Bretagnes, Rouenes, Platillas
u. s. w. Schlesien hatte bis dahin für die Seeausfuhr beinahe nichts geliefert.
Heutzutage hingegen, - seitdem man in England die ganze Production aufs höchste
concentrirt hat, und zwar in der Nähe der großen Handelsplätze, muß auch bei uns
die Verbindung der verschiedenen Glieder des Gewerbes eine engere werden. So
wird den Franzosen die Concurrenz mit der ausländischen Wollindustrie gar sehr er=
schwert durch die Zersplitterung ihres eigenen Wollgewerbes unter Wollhändler,
Kämmer, Spinner, Weber, Färber, Appreteur und Exporteur, wie sie zu Amiens
und Rheims stattfindet. Ähnlich klagen die Lyoneser gegenüber von Elberfeld und
England. Auch in Zürich herrscht das Haussystem noch ganz entschieden vor: selbst
in den gewerbreichsten Gegenden des Cantons beschäftigt sich nur ein Siebentheil
der Industriellen ausschließlich mit Industrie, vier Siebentheile verbinden Gewerbfleiß
und Ackerbau. Das ist lange Zeit auf diese Art sehr gut gegangen, aber die Sach=
kundigen hegen doch für die Zukunft große Besorgnisse. Wirklich haben die züri=
cher Strohflechter schon den Ausländern, welche ihren ausschließlichen Beruf in
dies Geschäft setzen, weichen müssen. *) Die große Noth, von welcher Belgien im
vorigen Jahrzehnd heimgesucht wurde, beruhte vorzugsweise darauf, daß die flandri=
sche Hausindustrie von der ausländischen überflügelt worden war. Ein großer Theil
der Hausweber hat infolge dessen seine Grundstücke verkaufen müssen, zumal an
geistliche Stiftungen. In England behauptet sich, was die Weberei anbetrifft, das
Haussystem eigentlich nur noch in der Umgegend von Leeds, Huddersfield, Nord=
wales und einigermaßen beim irischen Leinen. Auch um Leeds zieht es sich mehr
und mehr in die entlegenern, also wohlfeilern Dörfer zurück. In Wales findet sich
eine starke Wollweberei bei den kleinern Pächtern, die den Rohstoff bald kaufen,
bald selbst produciren, aber natürlich nur sehr grobes Tuch, Arbeiterjacken u. s. w.
liefern. Die Tuchhändler von Shrewsbury reisen umher und kaufen auf, wo sie Tuch
finden; doch wird auch ein regelmäßiger Markt daselbst gehalten. Manche Kauf=
leute haben Diener mitten unter den Producenten aufgestellt, die mit den Letztern
bekannt werden, sie nöthigenfalls beaufsichtigen, belehren, mit Vorschuß unterstützen
u. s. w. Bei den wallisischen und salopschen Flanellen war es früher Sitte, daß
die Verfertiger sie nach Welchpool zu Markte brachten; jetzt gehen Vermittler auf
dem Lande selbst umher, sie aufzukaufen. An andern Stellen des westlichen Eng=
land hat die Wollindustrie das System der sogenannten masters clothiers einge=
führt, die eine, oft beträchtliche Anzahl von Arbeitern und mit sehr entwickelter Ar=
beitstheilung außer Hause beschäftigen.

Niemand wird verkennen, daß die Hausindustrie große moralische und sociale
Vorzüge hat. Man betrachte nur das schöne Tabletteriegewerbe an der untern Seine,
Nasse u. s. w., das ganz hausmäßig betrieben wird. Die größten Fabrikanten waren
früher selbst Arbeiter; jetzt beziehen sie den Rohstoff, vertheilen ihn häuserweise an
die Arbeiter, arbeiten aber noch immer nebst ihrer Familie persönlich mit. Bei Zahn=
bürsten und ähnlichen Dingen besorgen sie meist die Montirung selbst, d. h. das Einziehen
und Beschneiden der Haare. Bei Perlmutterknöpfen das Sortiren und Encartiren;
außo aber auch zum Anfange das Ausstücheln und Abschleifen, weil darauf die
Controle beruht: man zählt den Arbeitern die Stücken vor, und fodert nachher ebenso

---

*) Meyer von Knonau, „Der Canton Zürich", S. 105 sg., 114.

viele Knöpfe wieder ein. Als Moritz Mohl diese Gegend bereiste, waren von be b
Arbeitern, welche sich bereits zu selbständigen Knopffabrikanten emporgeschwungen t
hatten, einige noch unter 30 Jahren alt. Meist werden die geschicktesten Arb p
ter nachher Fabrikanten, da gewöhnlich, wer Ausgezeichnetes liefern kann, auch da
Gangbare am besten liefert. Die große Elfenbeinschnitzerei zu Dieppe wurde vo z
nicht langer Zeit durch den reinen Geschmack eines einzigen Fabrikanten begründe. A
einige seiner Arbeiter machten Ersparnisse von ihrem hohen Lohne und konnten sich p
dann selbst etabliren. Vor einem Jahrzehnd ungefähr gab es dort zwölf Fabrikan a
ten, lauter junge Männer, die sich ihr Vermögen selbst erworben hatten. Im Oise so
departement waren von 130 Fabrikanten kaum vier, die sich nicht selbst von einfa ei
fachen Arbeitern emporgeschwungen hatten: sie arbeiteten sämmtlich noch in eigen E
Person mit, ihre Töchter an den Werkeltagen meist in Bauerntracht; in der Rega n
duzen sie sich mit ihren Leuten. Gerade wie in Nürnberg unterscheidet man n v
nere Meister, Façonmeister, welche von den reichern ihren Rohstoff empfangen un de
die fertige Waare an diese abliefern; sodann reichere Meister, sogenannte Verlegn ei
endlich Großhändler. Das sind gewiß viele segensreiche Elemente! Wo also da di
Haussystem zu halten ist, da kann man sich in vieler Hinsicht glücklich preisen. Ub
ist aber in der Regel nur da zu halten, wo es wenig ganz reiche und wenig ganz arm S
Leute gibt. Einem Fabrikanten von mäßigem Vermögen wird es meist lieber sein, a ge
der Factoreibetrieb, weil es weniger Capital erfodert, auch dies wenigere nicht so nu be
derruslich in Maschinen u. f. w. firirt; einem wohlhabenden Arbeiter, weil es unabh n
giger läßt, das Familienleben weniger stört. Wie oft beseufzt man in Factoreien tru
„despotische Fabrikglocke"! Das Stillschweigen, das hier waltet, walten muß, u l
die große Menschenmenge nur in Ordnung zu halten, ist für die Betheiligten de me
sehr drückend. Dagegen wird der kolossale Capitalist immer nach Factoreien strebe e
wo er sein Vermögen einheitlicher, planmäßiger, energischer nutzen kann; Proletari S
auf der andern Seite, die für Rohstoff, Werkzeug, Unterhalt keine Auslage mach ie
können, müssen in Factoreien ihre Zuflucht erblicken. te

    Nach dem Berichte eines englischen Parlamentscomité ist es am wünschens e
werthesten, daß beide Systeme nebeneinander existiren, wie z. B. in Leeds, wo a
die großen Wollfabrikanten zu ihrer vollständigern Assortirung in den Verkaufs a
len der kleinen beträchtliche Einkäufe machen. Diese großen dagegen sind allein i
Stande, neue Versuche, Erfindungen u. f. w. zu veranstalten, und so das Gesch u
im Ganzen bedeutend weiter zu fördern. Große Fabrikherren, welche das Gewe
selbst treiben, sind ungleich mehr dabei interessirt, neue Absatzwege zu öffnen, alte el
erweitern u. s. w., als bloße Commissionäre, die keine Fabrikgebäude, Maschi
u. f. w. unwiderruslich im Geschäfte stecken haben, und ihre Capitalien meist o r
große Schwierigkeit in eine andere Unternehmung übersiedeln können. Es ist u t
fern für die Arbeiter und selbst für die kleinen Unternehmer oft vortheilhafter, un
an einen großen Fabrikherrn als Mittelpunkt ihres Gewerbes anzuschließen, als e
einen kaufmännischen Commissionär: nur dürfen sie nicht geradezu dieselben Produ t
liefern, wie jener. Der Commissionär kommt leicht in die Lage, daß er nur entw l
auf Kosten seiner Producenten, oder seiner Abnehmer Gewinn machen kann. H
Letztern gegenüber findet er viel leichter Concurrenz, als den Erstern: er sucht de h
gewöhnlich dem Producenten immer mehr von seinem Verdienst abzuknappen. W e
zuletzt, wie man wol sagt, „Blut an der Niedrigkeit des Preises hängt", so ent
natürlich ein feindseliges Verhältniß zwischen Commissionär und Arbeiter, das a al
Rath, alle Anleitung für diesen gewaltig erschwert. Wie wenig dagegen bei ei
Gewerbe, das im Allgemeinen aufblüht, die großen Fabrikanten den kleinen n
wendig zu schaden brauchen, sieht man in Frankreich. Eine große Fabrik von
rinos u. f. w. im Norddepartement beschäftigt 6—7000 Arbeiter und liefert a
für 6—7 Millionen Francs Merinos jährlich. Daneben gedeihen in der Champ ar
250 andere Fabriken, von welchen vier Fünftel nur je für 5—50000 Fr n
produciren. Jene große vereinigt alle Zweige des Betriebs, während in den klei e

das Kämmen, Spinnen, Ausrüsten u. s. w. voneinander getrennt ist. Viele bedeutende Fabrikherren dieser französischen Provinzen haben sich ganz von klein auf emporgearbeitet; einer in Rouen war zuerst Schweinehirt, dann Gewerbsarbeiter u. f. w.*)

Man hat nicht selten Mittel gesucht, um auch dem Hausgewerbe die Vortheile zu verschaffen, welche der Fabrik aus ihrer größern Concentration erwachsen. Diese Mittel sind bis zum 17. Jahrhundert gerade Dasjenige gewesen, was die Handelspolitik der meisten Regierungen vorzugsweise gefärbt hat. Ich rechne dahin vor allem die technischen Gewerbreglements, wie sie in den alten Zunftstatuten oft eine so große Rolle spielen, und wie noch Colbert so viele gegeben. Wir sehen aus einer Anordnung dieses großen Mannes von 1669, daß er selbst keineswegs die Gewerbtreibenden damit zu fesseln beabsichtigte. Er hatte vielmehr die ausgezeichnetsten Techniker seiner Zeit in französischen Dienst gezogen, hatte sie mit Hülfe von Staatsvorschüssen Fabriken errichten lassen, die gleichsam als Seminarien für den französischen Gewerbfleiß dienen sollten. Da waren nun die Reglements zu einer Art von Instruction bestimmt, um die abgehenden Schüler in ihre Selbständigkeit hinüberzuleiten. Die meisten sind damals notorisch von den Gewerbtreibenden selbst erbeten worden. Während sie im Allgemeinen nur die größtmögliche Solidität der Arbeit im Auge hatten, also die Sicherung unerfahrener Käufer gegen Betrug, waren manche auf den besondern Geschmack einzelner Absatzgegenden berechnet; so z. B. die Anordnung vom 22. Nov. 1720, daß alle nach Spanien und Italien bestimmten Strümpfe à deux fils gewebt werden sollten. Die Regierung hatte ihre Consuln im Auslande, welche sie von jedem Wechsel der Nachfrage u. f. w. unterrichten mußten; sie theilte dann ihr Wissen auf dem Wege der Reglements den kleinen Gewerbtreibenden mit, die sonst nur zu spät, eben durch die Unverkäuflichkeit ihrer nach altem Schlendrian gemachten Producte, also durch schweren Schaden klug geworden wären. Solche Reglements sind natürlich früh veraltet; wo nicht eine durchaus vortheilsfreie, einsichtsvolle und bewegliche Leitung an der Spitze steht, da werden sie das Gewerbe mehr fesseln, als stützen. Ein einziger träger oder dünkelhafter Beamter kann hier den unersetzlichsten Schaden anrichten. Deshalb ist das Reglementswesen in den meisten Ländern abgekommen, sobald die großen Fabriken anfingen, die arbeitenden Kräfte auf eine noch wirksamere, jedenfalls zeitgemäßere Art mit der technologischen und mercantilen Einsicht in Verbindung zu setzen.

Am längsten hat sich die obrigkeitliche Einmischung in den Schau- und Stempelanstalten für solche Waaren behauptet, die noch immer von kleinen Producenten für den Weltmarkt geliefert zu werden pflegen. Man denke nur an die Linnenlegen, vormals auch Tuch- und Hopfenschauanstalten in Deutschland; an die russische Brake für Talg, Hasenfelle, Juften, Holz, Theer und Pottasche; die nordamerikanische Staatsschau und Stempelung für Pökelfleisch, Butter, gesalzene Fische, Mehl, Hopfen, Taback, Holz, Theer und dgl.**) Auf den mittlern Culturstufen sind dergleichen Einrichtungen um so nützlicher, je weniger da noch die Erkenntniß Gemeingut der Nation geworden ist, daß die Ehrlichkeit im Handel durch den eigenen Vortheil der Verkehrenden geboten wird. Schon der nahe, mehr noch ferne Abnehmer findet in der Person des kleinen Producenten, der sich für ihn unter der Menge sozusagen verbirgt, keine Garantie. Einzelne Verkäufer könnten hier wirklich eine zeitlang betrügen, ohne doch für ihre Person durch ein gemindertes Zutrauen des Publikums, das nur die Gesammtheit beträfe, gestraft zu werden. Da

---

*) M. Mohl, „Aus den gewerbswissenschaftlichen Ergebnissen einer Reise in Frankreich" (Stuttg. 1845), S. 450 fg.

**) In Maryland hatte man früher auch eine Ziegelschau, die aber ziemlich bald wieder aufgehoben wurde, weil Alles der Art mehr für den auswärtigen als für den inländischen Handel Bedürfniß ist (Ebeling, „Geschichte und Erdbeschreibung von Nordamerika", V, 417). Im Baumwollenport gibt es keine Staatsschau; darum wird aber auch sehr über das Betrügliche dieses Verkehrszweiges geklagt.

muß denn die Behörde, deren fides allgemein bekannt ist, und die um Alles in
Welt das Zutrauen des Publicums nicht verscherzen möchte, zwischen Käufer
Verkäufer die Mittlerin bilden. Ganz dieselbe Stelle wird nun bei weiterer-
wickelung, wenn das Factoreisystem an die Stelle des Haussystems tritt, von
großen Fabrikanten übernommen. Diese Fabrikanten sind persönlich bekannt
dauerhaft interessirt genug, um die gehörige Sicherheit zu bieten. Jetzt also
die besondere Staatsaufsicht überflüssig; alles an sich Überflüssige aber, das gl
wol positiv befohlen wird, ist eine Fessel. Daher man in England, dem classi
Lande der Volkswirthschaft, seit drei Jahrzehnden davon zurückgekommen ist.
Gesetze über Beaufsichtigung und Stempelung des Leinens von Staatswegen,
immer viele Gegner hatten, sind in Schottland 1822 aufgehoben. *) Doch
noch immer vorgeschrieben, daß Flachs und Garn, die auf den Markt kommen,
jeder Abtheilung von gleicher Beschaffenheit sein, das Garn aber nach der
Methode, mit Hülfe einer Haspel von bestimmtem Umfange, in Gebinde
Stränge getheilt werden müsse. **)

Hierher gehört schließlich noch das Vorhandensein von Specialmärkten, wi
z. B. in Belgien schon seit längerer Zeit für Flachs, Hanf, Hede, sowie
Art von Garn und Geweben daraus üblich sind. Überall, wo die Verfertig
einer Waare im Kleinen vorherrscht und ebendeshalb über weite Landstrecken
theilt ist, müssen solche Märkte ein treffliches Mittel der Concentration bilden,
Art Ersatz für die guten Seiten des Factoreibetriebs. Daher z. B. die
märkte in Östreich sehr wenig Anklang gefunden haben, indem die Wollprodu
ten dort beinahe nur aus großen Gutsbesitzern, die Wollkäufer aus ebenso gr
Geldhäusern bestehen. Wo dagegen eine Bauernagricultur oder Hausindustrie
dem Welthandel verkehren will, da ist der Nutzen der Specialmärkte sehr hoch
zuschlagen. Hier findet der Spinner und Weber seinen Rohstoff in gehöriger
wahl vor; er kann deshalb auch seinerseits ein gleichmäßigeres, für den H
besser geeignetes Product liefern. Die Arbeitstheilung, sonst gewöhnlich die schw
Seite des Hausbetriebes, wird außerordentlich erleichtert. Wegen der regelmä
Wiederkehr des Marktes kann der Producent für längere Zeit einen bestim
Plan entwerfen, mit seinen Käufern sowol als mit seinen Verkäufern. Hier
die Abhängigkeit der Producenten wie der Consumenten von einzelnen Mittel
sonen weg, und die Preise schließen sich am genauesten dem wahren Verhält
von Angebot und Nachfrage an. Jeder Wechsel des Bedarfs und Geschmacks
hier auf der Stelle klar und allgemein bekannt. Auch ferne Gegenden werden
weit leichter entschließen, auf einem solchen Markte zu kaufen, wo sie eines grö
Vorrathes an Quantität und Qualität sicher sein können. — Eine höchst interes
Einrichtung zu Gunsten der hausmäßigen Tuchindustrie von England sind die gr
Verkaufshallen, wie sie z. B. in Leeds, Bradford und Halifax gefunden werden.
Die leedser Halle für mixed cloths enthält 1800 Stände, die für white clo
1200; sie sind, jene 1758, diese 1775 errichtet worden, ursprünglich nur für
lernte Meister, die ihren Verkaufsplatz mit Gelde bezahlt haben und für Geld
der abtreten können. Jeder Stand hat nur die Breite eines Stückes Tuch.
Marktzeit ist zwei mal wöchentlich und jeweilig 80 Minuten: wer nach dem
fangsläuten hinein will, zahlt eine Geldbuße; nach dem Endläuten muß Jeder
gehen. Ehemals dauerte die Marktzeit länger; man findet aber, daß jetzt ohn
vieles Zaudern, Schwanken, Feilschen, also mit geringerm Zeitverluste, doch ebe
große Geschäfte gemacht werden. Die meisten Verkäufer sind die kleinen Ha

*) Wenn z. B. für Schießgewehre, Dampfschiffe u. s. w. die obrigkeitliche Schau noch
behalten ist, so hat man das mehr aus polizeilichen als kaufmännischen Gründen zu erklär
**) 5 und 6 William IV., Cap. 27.
***) Im Süden und Westen von England herrschen statt dessen entweder die Märkte
die umherreisenden Aufkäufer vor.

ber der Umgegend, welche das Tuch hier unappretirt an die großen Fabrikanten absetzen.

Übrigens ist gar nicht in allen Zweigen des Gewerbfleißes ein Verlassen des Haussystems möglich. Es geht damit genau so, wie mit der Arbeitstheilung überhaupt, die nur in demselben Verhältnisse gesteigert werden kann, wie das Capital und der Markt wachsen. Wo also aus irgendeinem Grunde der Betrieb im Großen nicht möglich, die Anwendbarkeit der Maschinen gering ist, wo das Product selbst im günstigsten Falle nie auf sehr viele Abnehmer rechnen darf, da kann sich das Haussystem immer forterhalten. So z. B. in der Spitzenklöppelei. Freilich gibt es zu Brüssel auch große Spitzenfabriken, die einen Theil ihrer Arbeiterinnen in einem Saale vereinigen, obschon die Mehrzahl auch da in ihren eigenen Wohnungen arbeitet. Man überzeugt sich aber schon bei flüchtigem Besuch der Fabrik, daß jene versammelten Arbeiter doch in Wahrheit jeder für sich operiren: das feine und bewegliche Geschäft des Klöppelns verträgt eben keine fortgehende Aufsicht; vielmehr besteht die Controle des Fabrikherrn blos darin, daß er die vom Arbeiter vollendete Waare entweder annimmt, oder zurückweist, gerade wie bei Hausproducten. Der einzige Vortheil der factoreiähnlichen Versammlung scheint in der Anziehungskraft zu liegen, welche sie auf den Besuch von Reisenden äußert, die hernach in der Regel ein gekauftes Andenken mitnehmen wollen. So ist die Seidenfabrikation z. B. in Krefeld auf folgende Weise eingerichtet. Der Fabrikant bezieht aus Italien das Garn, um es zunächst in einem großen Etablissement färben zu lassen. Dies ist ein selbständiger Geschäftszweig, weil er sehr viele besondere Kenntnisse verlangt und eigenthümlichen Gefahren ausgesetzt ist. Weiterhin erfolgt das Aufziehen der Kette, das Aufspulen des Einschlags u. s. w. in der Fabrik selbst, welche schließlich auch das Glätten, Gummiren, überhaupt die Appretur besorgt. Das Weben geschieht durch kleine Meister in ihren Wohnungen, jeder gewöhnlich mit zwei Stühlen. Die Stühle gehören dem Fabrikherrn, der auch durch umherwandernde Werkführer beständig eine Art von Aufsicht führt. Die mehr kunstmäßigen Gewebe werden in der Nähe der Fabrik gemacht, die kunstlosern ferner. In der Fabrik selbst werden nur einige wenige Stühle für neue Muster gehalten. Was hier den Hausbetrieb noch am meisten unterstützt, ist die enorme Langwierigkeit der Arbeit. Auch im Lyoner Seidengewerbe gibt es keine großen Factoreien, sondern die Weber, chefs d'atelier genannt, arbeiten zu Hause mit eigenem Werkzeug und in Verbindung mit ihrer Familie, Gehülfen und Lehrlingen; der sogenannte Fabrikant gibt ihnen die zum Weben präparirte Seide her, und besorgt die schließliche Ausrüstung. Ähnlich in Spitalfields zu London. Aus verwandten Ursachen wird die Stickerei sowol im Voigtlande wie in der Schweiz noch immer hausmäßig betrieben. Die französischen Stickerinnen (um Nancy und Alençon) sind größtentheils Mädchen, die sechs Monate jährlich mit Feldarbeiten beschäftigt werden. Um 1815 gab es zu Nancy nur zwei Verleger für dieses Gewerbe, 1838 schon mehr als 100, die zum Theil in Neuyork und Rio de Janeiro Niederlagen hatten. Von den schönen Tabletterien im nördlichen Frankreich haben wir Ähnliches bereits früher bemerkt. Ein großer Theil der sogenannten pariser Shawls wird in den Departements hausmäßig gewebt, auf Rechnung eines pariser Fabrikanten, der alsdann zu Paris selbst nur das Bleichen, Pressen, Calandriren, das Kräuseln der Fransen u. s. w. besorgen läßt. Die pariser Hemdknöpfchen werden im Kleinen an der Oise gemacht, zu Paris nur mit goldenen Streifen eingefaßt; die pariser Fächer in der Umgegend von Noailles gemacht, zu Paris nur ausgerüstet, d. h. mit Stiften und Band versehen, allenfalls noch verziert u. s. w. Der Betrieb der Ciseleurs, Goldschmiede u. s. w. eignet sich aus demselben Grunde nicht für große Fabriken, wie der Garten- und Weinbau nicht für große Gutswirthschaften.

Überhaupt muß in der kostbaren Luxusindustrie das Hausgewerbe wol immer das vorherrschende bleiben. Hier kann der Markt zwar dem Raume nach fast unendlich wachsen, für die pariser Gewerbtreibenden z. B. von Californien rings um die Erde herum bis nach Batavia reichen; ökonomisch aber ist er doch imme beschränkt, weil die Waare selbst wegen ihrer Kostspieligkeit nur einer gering von Consumenten zugänglich bleibt. Während die gemeine Baumwollindust Ostindien so kläglich zugrunde gegangen ist, weil sie das Haussystem nich geben konnte, hat sich die hausmäßig betriebene Shawlfabrikation von Kaschm trefflich gehalten. Es gibt zwar auch große Werkstätten, wo eine Menge vo stühlen zugleich arbeitet; in der Regel jedoch vertheilt ein Verleger den Rohstof jetzt auch die Muster an kleine Hausmeister. Die Arbeit ist so langwierig, d einem feinen Shawl drei Menschen ein volles Jahr lang zu thun haben; vo einfachen Shawls können zwei Personen doch nur sechs bis acht· Stück pr verfertigen. Der hohe Preis der Waaren steigert sich noch durch die Kostspie des Gebirgstransports auf Menschenschultern. Was diese Shawls besonder zeichnet, ist ihre schöne Individualität, indem jeder einzelne sein eigenes Muste ähnlich wie bei gothischen Kirchenfenstern. *)

Es geht mit den Factoreien in vieler Hinsicht ähnlich, wie mit den Ma Daher sie z. B. im Wollgewerbe minder gedeihen, als im Baumwollgewerbe den ganz feinen und auch den ganz groben Artikeln, wo der Rohstoff die beitung sehr überwiegt, minder gedeihen, als in den mittlern. Die Strumpf verhält sich zur Zeugweberei ungefähr so, wie die Fabrikation von sogenannte zen Waaren zur Drahtzieherei oder Blechschlägerei; die Production ist im Fall keine continuirliche, sondern wird bei jedem kleinen Stück neu angefang wieder abgebrochen. Hiermit hängt es zusammen, daß in England (Notti wie in Frankreich und Sachsen die Strümpfe noch immer größtentheils hau fabricirt werden. In der Normandie besorgen Männer, Weiber und Mädche Wirken, dessen Producte nachher von Kindern zusammengenäht werden. D lischen Strumpfwirker sind meist so arm, daß sie für 2 — 5 Pfund jährlich ihren Stuhl vom sogenannten Fabrikherrn miethen. ***) — Seine vorn und sicherste Stelle behauptet das Hausgewerbe in der Metallindustrie. In gen z. B. wirken zur Klingenfabrikation folgende Meister zusammen, ohne haus, ohne Maschinen, jeder einzelne ökonomisch selbständig: Hammerschmied genschmied, Härter, Schleifer, Ätzer, Vergolder, Damascirer, Scheidemache säßmacher, Montirer. Der Verleger nimmt die Bestellungen an, gibt dem Rohstoff, Modell und dgl. Ähnlich geht es zu bei der dortigen Messerfabr wo der Hammerschmied, Messer= und Gabelschmied, Federschmied, Schleifer macher und Raider zusammenwirken. Der Federschmied fertigt die metallenen mit Ausnahme der Klinge an; er steht gewöhnlich im Lohne des Raiders, Alles zusammensetzt und seinerseits in der Regel Commissionär des Fabr ist. †) — Die Verfertigung von Uhrtheilen wird nicht allein in der Schwei dern auch in England (Umgegend von Prescott) als ein hausmäßiges Neben von Landleuten behandelt. Die birminghamer Gewerbe werden meist in kleinem Maßstabe getrieben, oft nur mit 5 — 800 Pfund Sterling oder mit 2 — 4000, wofür dann etwa 3 — 50 Arbeiter gehalten werde Sehr viele Producte werden von den Arbeitern zu Hause gegen Stücklohn ver nachdem man den Rohstoff ihnen mitgegeben. Oft stehen hierbei noch eigen telspersonen, sogenannte Undertakers, zwischen dem Fabrikanten und seinen

---

*) Vgl. Ritter, „Asien", III, 1198 fg.

**) Ein bedeutender Wollfabrikant, der immer noch Vieles hausmäßig weben ließ, nir, es würde ihm recht lieb sein, wenn alles Handweben in seiner Fabrik geschäh scheue er die ungeheure Vergrößerung seiner Gebäude.

***) Auf den Faröer ist die Verfertigung wollener Strümpfe ganz allgemeines Hausge jährlich werden über 120000 Paar ausgeführt. Es hängt damit zusammen, daß der reichthum dieser armen Insulaner in Schafen besteht; selbst die ärmsten Bewohner wollene Hemden. Vgl. Thaarup, „Danske Statistik" (1844).

†) Viebahn, „Beschreibung des Regierungsbezirks Düsseldorf", I, 163 fg.

men Arbeitern. Die Knaben treten bei den Arbeitern oder auch bei den Mittelspersonen in die Lehre, die Weiber poliren, packen ein, machen Glasspielzeug
und dgl. Die wohlhabendsten Arbeiter schaffen sich den Rohstoff selbst an und verkaufen ihr Product etwas unter dem Marktpreise an die Kaufleute. Es ist kein
schöner Zug dieser „gewerblichen Demokratie", wie L. Faucher sie nennt, daß theils
die Kaufleute, theils die andern Mittelspersonen so ungeheuern Gewinn machen:
man spricht in Birmingham von 60 — 70 %, in Wolverhampton von 70 — 80 %,
in Willenhall sogar von 80 — 90 % Disconto, während derselbe in Paris nur selten über 15 — 30 % steige. Noch hausmäßiger ist der Gewerbfleiß von Sheffield
gerichtet; die Fabrikanten sind hier noch seltener im Besitze großen Capitals; man
kann mit wenigen Schillingen ein selbständiges kleines Geschäft als Cutler anfangen. —
Die berühmte Gewehrfabrikation von Lüttich läßt die eigentlichen Arbeiten größtentheils auf den umliegenden Dörfern geschehen, mit bedeutender Arbeitstheilung, sodaß
B. auf der einen Stelle nur Flintenläufe gemacht werden, auf der andern nur
Schlösser u. s. w. Der sogenannten Fabrik in Lüttich bleibt alsdann die Zusam-
mensetzung und kaufmännische Behandlung. Inmitten dieser alten Hausindustrie hat
nun die belgische Regierung eine große factoreimäßige Gewehrfabrik begründet, von
der es mir aber sehr zweifelhaft scheint, ob sie ökonomisch wirklich besser indicirt
als die hausmäßige. Fast alle Arbeiten gehen auch in der Manufacture royale
armes durch Menschenhände vor sich; nur das Abschleifen und Poliren, einige
Ausbohrungen, sowie der große Schmiedehammer werden mit Hülfe des Dampfes
getrieben. Die Blasebälge nicht, weil sie so häufig unterbrochen werden müssen,
daß eine sehr wirksame und künstliche Maschine sich nicht verlohnte. Die meisten
Schmiede arbeiten paarweise in kleinen Werkstätten, wobei allerdings ein großer Auf-
wand von Mauern, Blasebälgen u. s. w. nöthig ist; man glaubt indessen mit Recht,
daß sie bei größerer Zusammenhäufung einander im Wege stehen würden. Das
ist nun freilich innerhalb der Factorei den Hausbetrieb auf einem Umwege wie-
derherstellen! Nur die feinern Glühsachen, sowie alle kalten Arbeiten geschehen in
offen Sälen. Wie sich der Reinertrag stellt, im Vergleich mit der verwandten
Hausindustrie, ist bei einer solchen Staatsfabrik, die größtentheils active Soldaten
als Arbeiter anwendet, schwer zu ermitteln. Ich erinnere jedoch an die merkwürdige Thatsache, daß in Schweden die gesammte Waffenindustrie von großen Staats-
fabriken ausgegangen ist, sich aber nicht lange nachher in ein Hausgewerbe umwan-
deln mußte. Gustav Adolf war bemüht, sie wenigstens in Städte zu bannen,
allein umsonst. *) Während in Lowell, dem Hauptsitze der nordamerikanischen Baumwollindustrie, große Fabriken vorherrschen, findet man in Cincinnati, wo sich die
Krämer der westlichen Staaten mit sogenannten Kurzwaaren versehen, größtentheils nur Betrieb durch kleine Meister. Dasselbe Naturgesetz bestätigt sich überall.
So lohnt sich z. B. bei dem vortrefflichen Eisen von Masenderan, das besonders zu
Damascus verarbeitet wird (in Damascus bezahlt man den Centner gewöhnlich
mit 60 Francs), ein so kleiner Betrieb, daß in der Regel zwei befreundete Familien dazu hinreichen: die eine sammelt das Erz, die andere brennt Kohlen; den
Ofen, Blasebalg u. s. w. besitzen und benutzen sie gemeinsam.

Bisweilen sind es natürliche Hindernisse, welche die ausschließliche Beschäftigung
des Menschen mit einem einzigen Erwerbszweige verbieten, und dadurch zur Verbindung von Ackerbau und Hausindustrie nöthigen. So wird man z. B. in Ben-
galen die letztere schwerlich ganz aufgeben können, weil die große Hitze den Bauern
geradezu nöthigt, sich für einige Stunden jedes Tags im Hause einzuschließen; er
hätte da nur die Wahl, entweder sich mit Hausarbeit zu beschäftigen, oder ganz zu
faulenzen. Am Ganges zwingen die häufigen Überschwemmungen, wobei selbst die
Felder wechseln, zum Nebenverdienst mittels eines Hausgewerbes, in Malabar die
Regenzeit, welche Jedermann streng ans Haus fesselt; in manchen Gegenden des

---

*) Geijer, „Schwedische Geschichte", III, 62.

Himalaja der tiefe Schnee, welcher mindestens drei Monate hindurch ein Aus⸗
vor die Hütte oder gar vors Dorf ungemein erschwert.*) Auch in Schwed⸗
die Fortdauer der Hausgewerbe durch den langen Winter sehr begünstigt: so
für Mobilienschnitzereien, Wanduhren u. s. w. Es haben sogar die schwe⸗
Hauswebereien die entsprechenden Fabriken zu Gothenburg überflügelt.**)

Übrigens lehrt die Erfahrung, wo immer ein Hausgewerbe sich zur Fab⸗
dustrie entwickelt, da pflegt die letztere am frühesten die Anfangs⸗ und Ends⸗
der betreffenden Production zu ergreifen. In Leeds z. B. sind die großen
fabriken mit wenig Ausnahmen bloße Spinnereien und (finishing shops) App⸗
anstalten; das zwischenliegende Stadium wird meist von Hauswebern ver⸗
Zu Namur besorgt der große Messerfabrikant außer den ersten Vorarbeiten nur
das Schleifen, Poliren und die Verfertigung und Ansetzung der Hefte; das
liche Schmieden wird von kleinen Meistern im Hause verrichtet. Von der S⸗
industrie haben wir bereits vorhin das Nämliche gesehen. Nicht selten findet
daß Fabrikanten die ganz neumodigen Artikel in ihrem eigenen Locale verf⸗
lassen, die schon seit längerer Zeit currenten dagegen bei kleinen Hausmeistern
stellen. Dies geschieht z. B. in der schweizerischen Bandweberei, in der franzö⸗
Knopffabrikation. Den Modewechsel kann der Große natürlich am leichtesten be⸗
ten, mitunter sogar voraussehen oder bestimmen; und an den modernsten G⸗
ständen wird der größte Gewinn gemacht.

III. Maschinenwesen im Allgemeinen.

Der Unterschied zwischen Werkzeug und Maschine besteht hauptsächlich
daß bei der letztern die bewegende Kraft nicht unmittelbar vom menschlichen K⸗
ausgeht, während jenes nur die Bewaffnung oder den bessern Ersatz für ein⸗
menschliche Gliedmaßen bildet. So ist z. B. der Pflug oder die Flinte eine
schine, der Spaten oder das Blasrohr ein Werkzeug. Der Hammer kann als
besonders harte, unempfindliche Faust, der Blasebalg als eine besonders kr⸗
ausdauernde Lunge betrachtet werden; die Zange wirkt ähnlich wie die Finger,
Löffel ähnlich wie die hohle Hand, das Messer ähnlich wie die Zähne: nur i⸗
in erhöhtem Grade. Manche Maschinen dagegen lassen sich einem vollständigen
beiter vergleichen. So hat auch das Stampfen einer Stampfmühle gar wenig
lichkeit mit dem Fließen des Wassers, dem Wehen des Windes, welcher sie t⸗
wogegen das Auf⸗ und Absteigen der Keule eines Handmörsers genau den B⸗
gungen des Armes entspricht (Rau). Im Ganzen sind die Werkzeuge na⸗
älter als die Maschinen; man wird eine graduelle Steigerung nicht verkennen,
die Urbewohner Australiens nur mit Speer und Keule jagten, die schon etwas g⸗
detern Amerikaner mit Blasrohr und Bogen, wir Europäer mit Feuergew⸗
Der allererste Mensch wird seine Beute mit den Händen gegriffen haben!

Man erkennt schon hieraus, wie bei der Anwendung von Maschinen das
pital die Hauptrolle spielt, bei der Anwendung von Werkzeugen die menschlich⸗
beit. Die Maschine kann gleichsam das Werkzeug der großen Fabrikindustr⸗
nannt werden.

Wo nun einerseits die Maschine, andererseits die blos mit Werkzeugen be⸗
nete Menschenhand auf demselben Boden miteinander concurriren, da ist die V⸗
legenheit der erstern unzweifelhaft. Sie leistet Dienste, welche für die Hand b⸗
zu groß, bald zu fein sein würden. So kann z. B. durch Walzwerke in
halben Minute die Streckung eines 3 Zoll dicken Eisenstabes von 1 Fuß auf 9
bewirkt werden. Blechwalzwerke dehnen in einer Secunde einen Eisenwürfel

---

*) Vgl. Ritter, „Asien", III, 835; V, 789 fg.; VI, 1241.
**) Forsell, „Statistik von Schweden", S. 143 fg., 148. Wie sich auch in Sachs⸗
mindestlohnende, zumal Hausindustrie mehr und mehr in die höhern und unfruchtbaren
birgsgegenden zurückzieht, s. bei Engel, „Statistisches Jahrbuch für Sachsen", I, 146

Zoll zu einer Platte von 36 Quadratzoll aus. Das Ziehen sehr dicker Drähte würde ohne Maschine gar nicht möglich sein, auch abgesehen von den Zangenbissen, woran der Handdraht leidet. Schon vor 20 Jahren wurde auf einem Maschinenwebstuhle ein Stück Baumwollzeug von 72 Quadratzoll binnen einer Minute verfertigt. Ein Handweber konnte wöchentlich nur 72 Ellen produciren, eine Frau mit Hülfe von zwei Maschinenstühlen binnen 14 Stunden 71 Ellen. In einer englischen Baumwollspinnerei lieferten 750 Arbeiter mit einer Dampfmaschine von 100 Pferdekräften so viel, wie 200000 Handspinner: jeder einzelne folglich wie 266. (Carey.). Die rohe Baumwolle kann in wenigen Stunden zu einem fertigen Zeuge umgewandelt werden. Baumwollgarn von Nummer 350 *) wird aus einem Pfunde rohen Stoffes zu einem Faden von 167 englischen Meilen gesponnen, und der Werth dadurch von 3 Schilling 8 Pence auf 25 Pfund Sterling erhöht. (Ure.) Ja, für die londoner Gewerbeausstellung von 1851 hat ein manchester Haus Garn spinnen lassen, wovon das Pfund 238 englische Meilen lang war. In der Papiermühle würde man ohne die Schöpfmaschine kein beliebig langes Papier machen können. Mit dieser größern Kraft der Maschinen hängen oft bedeutende Stoffersparnisse zusammen. Je rascher durch einen Maschinenhammer das Eisen verarbeitet wird, umsoweniger Brennmaterial verbraucht man dabei. Wie viel weniger Papier hat man seit Erfindung der Buchdruckerei für denselben Inhalt nöthig, als früher bei der Handschrift! Die Tischler können jetzt mit Hülfe der maschinenhaften Fourniersägen 12—16 Blätter aus einem zolldicken Brete schneiden. So mußte man früher, um sehr dünnes Leder zu gewinnen, die natürlichen Häute abschaben; gegenwärtig spaltet man es durch Maschinen, wodurch auch die Gerbung, die nun von vier Seiten eindringt, bei weitem vollkommener wird. **) Ein besonders wichtiger Vorzug liegt darin, daß die meisten Maschinen nicht müde werden, also mit einer unterbrechungslosen Ausdauer und ebendeshalb einer viel höhern Gleichmäßigkeit fortarbeiten, als irgendein Mensch könnte. Die bekannte Reichenbach'sche Theilmaschine fehlt in der Entfernung der Theilstriche nur um den 25000. Theil eines Zolls. Überall betrügen die Maschinen nicht. Weil sie die verschiedenen Exemplare derselben Arbeit in höchster Genauigkeit gleich machen, und auf solche Art das Copiren eines Modells erleichtern, so gestatten sie es, nun desto größere Mühe auf das Original zu verwenden. So kann eine Kattundruckmaschine täglich über 12000 Ellen mit mehren Farben bedrucken, während die Handarbeit nur 3—400 Ellen mit einer Farbe liefert. Und zwar hat sich diese schöne Erfindung stufenweise vervollkommnet. Um 1785 wurden statt der hölzernen Druckblöcke metallene Cylinder eingeführt. Statt jeden einzelnen Cylinder besonders zu graviren, fing man 1808 an, das Muster auf eine kleine stählerne Walze sehr genau zu stechen, sodann von dieser auf eine größere Walze von erweichtem Stahl abzudrücken und nun erst nach deren Erhärtung auf beliebig viele messingene zum unmittelbaren Gebrauche. Seit 1830 versteht man die Kunst, bis fünf verschiedene Farben zugleich aufzutragen.

Zu diesem Allen kommt noch hinzu, daß Maschinen regelmäßig wohlfeiler arbeiten als Menschenhände. Thäten sie das nicht, so würden sie schwerlich den Beifall der Gewerbsunternehmer finden. Denn bei gleicher Preishöhe haben Arbeiter für einen streng berechnenden Unternehmer alle mal den Vorzug, daß er sie schlimmstenfalls entlassen kann, sein Capital folglich nicht in der jeweiligen Unternehmung unwiderruflich zu fixiren braucht. Und zwar ist bei den Maschinen derselbe Fall, den wir oben bei den Fabriken beobachtet haben: daß innerhalb gewisser Grenzen mit ihrer wachsenden Größe die verhältnißmäßigen Kosten abnehmen. Eine nordamerikanische Dampfmaschine nach Evans' System kostete vor 50 Jahren bei 20

---

*) Während das Handgarn selten feiner war als Nummer 18.

**) Freilich sollen durch diese Spaltung die natürlichen Fasern zum Theil zerrissen und das Leder somit unhaltbarer werden.

Pferdekräften 65000 Francs, bei 40: 96000, bei 60: 123000, bei 177000 Francs. In Berlin kam die Pferdekraft 1837 bei kleinen Maschinen nur 6 Pferdekräften auf 366—500 Thaler zu stehen; bei den größten nur 212—310 Thaler. Dasselbe Verhältniß, wie bei der Anschaffung, zeigt sich der Unterhaltung. Die großen Watt'schen Dampfmaschinen brauchten zur Her bringung einer Pferdekraft stündlich nur 10 Pfund Steinkohlen; die kleinsten nur einer Pferdekraft ungefähr 22 Pfund. Die Maschinen der Fabrik zu Eßler bei 20 Pferdekräften 8⅔ Pfund für die einzelne, bei nur einer Pferde 14½ Pfund pro Stunde.

Unter den Triebkräften der Maschinen stehen die größern Hausthiere, Wasser, Wind und Dampf obenan. Man hat sie geschichtlich ungefähr in selben Reihenfolge benutzen gelernt, wie ich sie eben zusammenstellte. Dies be unter Anderm die Geschichte der Kornmühlen. In Moses', ja noch in Homer's gab es nur Handmühlen, zu allererst sogar nur Mörser. Hiernächst kamen die mühlen auf, seit Cicero's Zeit die Wassermühlen. Wir besitzen ein artiges gramm des gleichzeitigen Dichters Antipater, daß die Mühlsklavinnen jetzt aus können, weil Demeter den Najaden geboten habe, ihr Werk zu verrichten. S mühlen sind wahrscheinlich zuerst von Belisar angewandt, also im 6. Jahrh nach Christo; Windmühlen seit den Kreuzzügen, und zwar zuerst die unvollk nen deutschen, die sogenannten holländischen seit der Mitte des 16. Jahrhun Endlich die Dampfmühlen gehören der neuesten Zeit an.

Schon die Arbeit der Thiere hat vor der menschlichen den Vorzug der gr Kraft und Wohlfeilheit. Ihre Nahrung und Wohnung kann gröber sein, als die gröbste menschliche; ihre Kleidung ist freies Geschenk der Natur; ihre zur unfähige Kindheit währt verhältnißmäßig kurz *); selbst ihr Leichnam, weit en Begräbnißkosten zu fodern, kann wirthschaftlich benutzt werden. Unter den soge ten blinden Triebkräften sind Wasser und Wind nicht allein noch stärker Thiere, sondern zugleich, für die Volkswirthschaft im Ganzen betrachtet, ga unentgeltlich. Gleichwol ist der Dampf, wo es an guten Brennstoffen nicht unter allen Maschinenkräften die vollkommenste. Der Wind verändert fast hörlich seine Richtung und Stärke; bisweilen hört er ganz auf, um dann pl wieder mit verheerender Gewalt hervorzubrechen. Zu Lyon sind die Windr so oft vom Sturme zerbrochen worden, daß man sich lange Zeit mit den, üb soviel unbequemern, Strommühlen hat begnügen müssen. Dagegen ist die D maschine bei verständiger Leitung dem Menschen unbedingt gehorsam: sie a namentlich, wenn es gewünscht wird, vollkommen ohne Unterbrechung. So früher die Holländer, daß ihre Ölmühlen (Windmühlen) gerade dann nicht könnten, wenn das Öl besonders theuer, die Ölfrüchte besonders wohlfeil nämlich bei anhaltender Windstille. Da hätte die erste Dampfmühle ein g des Geschäft machen können! Im französischen Flandern, wo es vor einigen zehnden fast nur Windölmühlen gab, hing der Ölpreis größtentheils vom Win und war deshalb den schädlichsten Schwankungen ausgesetzt. In England bis vor kurzem die Entwässerung der feuchten Küstenländereien durch Wind bewerkstelligt. Trat alsdann bei anhaltendem Regenwetter eine Windstille versagte die Hülfe; also gerade in dem Augenblicke, wo man ihrer am dring bedurft hätte. Wie segensreich unter solchen Umständen die Dampfmaschine kann, beweist der Fall, welchen Weckherlin von den Gütern des Grafen von erzählt. Eine Dampfmaschine, die 420 Pfund Sterling gekostet, steigerte den von 6000 Acres um 20 Schillinge pro Acre, d. h. also um jährlich 6000 Sterling! — Die Wasserkraft ist nicht blos ähnlichen, unberechenbaren Stö ausgesetzt, wie der Wind, nämlich durch Frost oder Trockenheit; sie hat auch

---

*) Die Pferde und Ochsen können gewöhnlich schon mit drei bis vier Jahren zur herangezogen werden.

höherm Grade den Nachtheil, an gewisse Localitäten gebunden zu sein. Die Wind=
mühle siedelt sich doch nicht blos auf Anhöhen, sondern auch in den völligen Ebenen
an; die Wassermühle ist auf die Vertiefungen beschränkt. Einer Steigerung über die
natürlich vorgefundene Stärke und Ausdehnung ist die Wasserkraft äußerst selten
fähig, auch wenn es der wachsende Absatz ihrer Producte noch so wünschenswerth
machen sollte. Auf diese Art ist z. B. die altgewurzelte Tuchindustrie von Glou=
cester gegen die ungleich jüngere von Leeds in Schatten getreten, weil die letztere,
auf Steinkohlen begründet, sich mit dem Wachsen der Nachfrage entsprechend aus=
dehnen konnte, die erstere mit ihren Wassermühlen nicht. *) Insbesondere finden
sich Wasserkräfte nur selten in bedeutender Menge an einem Punkte concentrirt, am
wenigsten in den zum Handel wohlgelegenen Küstenländern. Wo ein Volk deshalb
auf sie beschränkt ist, da pflegen seine Fabriken über das ganze Territorium, zumal
die Gebirgsgegenden, zerstreut zu sein. Der höchste Grad von Arbeitstheilung, das
vollkommenste Zusammenwirken des Fabrikanten mit dem Kaufmanne, der seine Roh=
stoffe bereithält, seine fertigen Producte vertreibt, mit dem Bankier, der seine Wech=
sel discontirt, mit dem Mechaniker, der seine Maschinen aufstellen, sofort repariren
kann u. s. w.: alles Dies findet sich am leichtesten beim Vorherrschen der Dampf=
industrie, welche die ungeheuern Gewerbsmetropolen, z. B. Englands, möglich macht.
Auch sollte man sich die Kostspieligkeit der Dampfbenutzung nicht übertrieben vor=
stellen. Da ein wirkliches Pferd auf die Länge nicht über acht Stunden täglich
schwer arbeiten kann, so ersetzt eine Dampfmaschine von 100 Pferdekraft wenigstens
300 Pferde. In England rechnet man, daß die Unterhaltung einer Dampfmaschine nur
etwa den fünften Theil der Kosten verursacht, wie die entsprechende Zahl von leben=
digen Pferden. Hierzu kommt noch die ungleich wohlfeilere Beaufsichtigung, selbst
Anschaffung, da viele alten Maschinen seit mehr als 40 Jahren im Gange sind, ohne
bedeutende Reparaturen erfodert zu haben. (Ure.) Am besten kann die Wirksamkeit der
verschiedenen Maschinenkräfte verdeutlicht werden, wenn man gewöhnliche Ruder=
schiffe mit Pferdeziehschiffen (Treckschuyten), Segelschiffen und Dampfschiffen ver=
gleicht. In welchem bewunderungswürdigem Grade ist der Mensch durch Erfindung
der letztern über Wind und Strom Herr geworden! **)

Indessen ist das Übergewicht der Maschinenarbeit über die Handarbeit auf ein
ganz bestimmtes Gebiet eingeschränkt. Es ist um so größer, je mehr die Herstellung
des Products auf der beständigen Wiederholung einer und derselben Operation be=
ruht. Wo hingegen die Production eine Folge vieler und mannichfaltiger Bewe=
gungen erfodert, da findet kein Vorzug der Maschinen statt, zumal wenn die Be=
wegungen nach der individuellen Beschaffenheit des Gegenstandes, etwa seiner un=
gleichen Gestalt, Größe, Härte, sehr verschieden sein müssen. Für Gespinnste eignet
sich die Maschine sehr gut, weil deren Güte vornehmlich davon abhängt, daß der
Faden überall gleich dick und gleich gut gedreht sei. Unter Voraussetzung guter
Vorbereitungsprocesse kann die Maschine aber viel regelmäßiger arbeiten als die
Hand. ***) Beim Weben sieht die Maschine sich besonders dadurch gehemmt, daß so
oft Fäden abreißen, wo sie dann bis zur Wiederanknüpfung stillstehen muß. Das
Maschinenweben ist daher um so besser indicirt, je geschmeidiger und elastischer der
Stoff ist: also am besten bei der Baumwolle. Auch dem Spinnen durch Maschinen
setzt die Schafwolle durch ihre mindere Feinheit und Glätte, sowie durch ihre stär=
kere Kräuselung mehr Schwierigkeiten entgegen; der Flachs durch die Länge und Un=

---

*) Drei Viertheile der ganzen englischen Wollindustrie finden sich gegenwärtig in dem stein=
kohlenreichen Westriding von Yorkshire vereinigt.

**) Die Sämaschine arbeitet ebenso gut bei windigem wie bei stillem Wetter, während der
Handsäemann durch das erstere so sehr gestört wird.

***) Freilich spinnt sie auch die Knötchen und verworrenen Fasern des Rohstoffs, welche die
Finger beiseite lassen, unbesehens mit in den Faden.

gleichheit seiner Fasern. Die mechanische Seidenspinnerei wird besonders da[durch]
erschwert, daß die Coconfäden so sehr ungleich sind, zumal am Ende viel d[ünner]
werden; man muß da oft viel mehr zu einem Faden vereinigen, als an an[dern]
Stellen. So gingen in Zürich, als die Baumwollmaschinen häufiger wurden, [die]
meisten Handspinner, die nicht Weber, zumal Bandweber werden mochten, [zum]
Floretspinnen über. Maschinen zum Abmeiseln der Haare bei Hüten sind n[icht]
bewährt gefunden wegen der Unregelmäßigkeit der Felle und ihrer Unebenheit, [nach]
dem sie gebeizt worden. In den meisten Zweigen der Metallfabrikation ist die [Ma-]
schinenthätigkeit wenig entwickelt. So hat sie es z. B. in der Anfertigung [von]
Nägeln und Feilen der Handarbeit noch immer nicht gleichthun können. M[aschi-]
nennägel werden nie so zähe und steif, wie mit der Hand geschmiedete; sie [biegen]
sich weniger, lassen sich, wenn sie gebogen waren, nicht wieder so gerade [rich-]
und halten minder fest. Gegossene Nägel sind ungemein spröde. — So erhält[e]
nach Versuchen des Grafen Buquoy viel mehr und größere Kartoffeln durch [das]
hacken mit der Hand, als mit Maschinen, wegen der unvermeidlichen Unregel[mäßig-]
keiten des Bodens. Auch Säemaschinen sind nur auf sehr gleichem, wohlgepul[verten]
Boden der Handsaat vorzuziehen. So haben Sägemühlen großen Nutzen im [Ge-]
birge, theils wegen der vielen Wasserfälle daselbst, theils auch, weil das H[olz in]
Breterform leichter zu transportiren ist. In Städten dagegen stellt man [die]
Handbretschneider an, die sich auf den Bauplatz selbst verfügen können; hier [wird]
den Sägemühlen wahrscheinlich nicht soviel an Arbeitslohn sparen, wie an [Trans-]
portkosten von und nach der Baustelle mehr verlangen. Während man die S[äge-]
mühle zu den gewöhnlichen Langschnitten gebraucht, zieht man für krumme [oder]
Querschnitte die Handsäge vor. Auf der Eisenbahn, die völlig glatt, horizont[al]
geradeaus geht, werden Dampfwagen benutzt; in der Stadt, wo die Biegung [der]
Straßen, das Gewühl der Menschen, die Verschiedenheit der Fahrzwecke zu v[ielen]
Unregelmäßigkeiten zwingen, werden Pferdewagen lieber gebraucht, also schon [das]
weit unvollkommenere Maschinerie; endlich im Hause geht Jeder zu Fuß.

Da zu Maschinen regelmäßig ein größeres Capital erfodert, und jede[s]
mehr firirt wird, als zu Arbeitslöhnen, so ist ihre Anlage meist nur [vor-]
theilhaft, wo die Producte auf einen sehr bedeutenden Absatz rechnen könn[en; je]
kostbarer die Maschinerie, um so größer der Absatz, durch welchen sie bedingt [ist.]
So ist es bekannt, daß Eisenbahnen zwar in hohem Grade den Verkehr leb[haft]
machen, aber schon eine ziemliche Lebhaftigkeit des Verkehrs voraussetzen. I[n ähn-]
licher Weise können Omnibus und Fiacre die Bedingungen und Erfolge der g[rößern]
oder kleinern Maschine deutlich machen. So ist die Gasbeleuchtung, mit ihr[er kost-]
baren Maschinerie, zumal ihren großartigen Leitungsapparaten, bei ausgebr[eiteter]
Nachfrage vortheilhaft: also z. B. in großen Städten, wo man die Nacht zum [Tag]
macht, in großen Fabriken, Schauspielhäusern u. s. w.; am vortheilhaftesten, [wo]
billiger Steinkohlenpreis und gute Absatzgelegenheit für Coaks, Theer u. s. [w.]
zukommen. Dagegen sind in gewöhnlichen Zimmern, die einen geringern un[d un-]
regelmäßigern Lichtbedarf haben, die Öllampen brauchbarer; zum Herumge[hen im]
Hause zieht man noch unvollkommnere Geräthschaften, Lichter, Laternen, zul[etzt]
Stalllaternen vor. In der Buchdruckerei können die sogenannten Schnellpre[ssen we-]
nigstens fünf mal soviel leisten als Handpressen, aber sie kosten auch wen[igstens]
acht mal soviel, und gerathen viel leichter ins Stocken. Weil nun die [kleinen]
Drucker, um zu bestehen, immer gleichzeitig mehre Schriften drucken, also [mehre]
Pressen haben müssen, so wären Schnellpressen für sie zu kostbar. Deren [zeit-]
liges Pausiren würde ein gar zu großes Capital zinslos machen. Desto [mehr]
eignen sich Schnellpressen für Zeitungen, Bibeln, Volksschriften u. s. w.*): [kost-]
bare Luxusartikel passen wenig zur Maschinenarbeit, da sie ökonomisch weg[en der]
geringen Menge zahlungsfähiger Liebhaber immer nur einen sehr beschränkt[en]

---

*) Vgl. „Deutsche Vierteljahrschrift", Nr. 39, S. 70—148.

ßkreis haben. Die berühmten Gobelins werden techniſch auf eine merkwürdig
kunſtloſe Art gewebt: ſtatt der Lade ein Kamm, ſtatt des Schiffchens eine Spule,
ſtatt der Schäfte die bloße Hand. *) Ähnlich bei den Kaſchmirſhawls. So hängt
es mit der Luxusnatur der Seidenfabrikation zuſammen, daß auch hier bei den fei=
nern Arten die Maſchinenbenutzung wenig gelohnt hat. Die Verbeſſerungen dieſes
Gewerbszweiges beſtehen größtentheils nur im perſönlichen Geſchickterwerden der Ar=
beiter. Daher die Franzoſen hierin den Engländern fortdauernd überlegen ſind,
ſchon wegen ihres niedrigern Arbeitslohns, dann aber auch wegen ihres beſſern
Geſchmacks.

Man darf ferner nie vergeſſen, daß die Maſchine beſtimmt iſt, Arbeit zu er=
ſetzen. Wo folglich im Preiſe einer Waare die Arbeitskoſten, verglichen mit dem
Rohſtoff, nur eine ſehr untergeordnete Rolle ſpielen, da kann zuweilen ſelbſt eine
beträchtliche Verminderung dieſer kleinen Quote durch Maſchinen völlig außer Stande
ſein, den Abſatz in dem Grade zu vergrößern, wie es die Koſten der Maſchine
ſelbſt erfodern. Auch hier alſo wäre die Handarbeit nicht durch Maſchinenarbeit zu
verdrängen. So iſt z. B. in den meiſten chemiſchen Gewerden die eigentliche grobe
Arbeit verhältnißmäßig unbedeutend. Gar oft beſteht ſie nur in Zurichtung der
Gefäße, worin die Miſchungs= und Scheidungsproceſſe erfolgen, Wartung des
Feuers u. ſ. w. Die Fortſchritte der Technik zielen deshalb vorzugsweiſe auf Er=
ſparniß am Rohſtoffe, Brennmaterial u. ſ. w., auf Einführung wohlfeiler Surro=
gate, Beſchleunigung einzelner Proceſſe, wodurch nun das Capital raſcher entbun=
den wird, und dgl. Übrigens kommt es hier in der Regel ſo ſehr auf Beobach=
tung gewiſſer Hitzegrade u. ſ. w. an, daß man ſchon aus dieſem Grunde niemals
rein automatiſch verfahren kann, wie bei den mechaniſchen Gewerben. Aber auch in=
nerhalb der letztern gibt es wichtige Unterſchiede. So erfodert z. B. die Woll=
ſpinnerei viel weniger Arbeit als die Baumwollſpinnerei, wie denn bekanntlich die
Wolle durch das Verſpinnen weniger an Werth zunimmt als die Baumwolle.
Ebendeshalb ſpielt die Maſchine dort eine geringere Rolle.

Endlich verſteht ſich von ſelbſt, wo es auf augenblickliche Überlegung, oder gar
auf freie geiſtige Schöpfung ankommt, da kann die Maſchine den Arbeiter niemals
erſetzen. Die ſogenannten Waſchmaſchinen eignen ſich für Leib= oder Tafelwäſche
ſehr wenig: ſie würden hier entweder die Flecken zu loſe behandeln, oder die ver=
hältnißmäßig reinern Stellen zu feſt und angreifend. Um ſo beſſer paſſen ſie für
Stoffe von gleichmäßiger Unreinheit, wie z. B. rohe Wolle, rohe Baumwolle u. ſ. w.
Durch Erfindung der Photographie mögen die handwerksmäßigen Abſchreiber der
Natur in Verlegenheit kommen, die wirklichen Maler von Porträts und Landſchaf=
ten, welche der Natur nachſchaffen, ſie gleichſam wahrer darſtellen als ſie in jedem
einzelnen Augenblicke ſelbſt iſt, gewiß nicht. Auf eine ähnliche Weiſe verhält ſich
die wahre Goldſchmiedekunſt, wie ſie von einem Benvenuto Cellini ausgeübt wurde,
zu dem maſchinenmäßigen Walzen der Goldverzierungen, welches Hunderte von Exem=
plaren nach demſelben Muſter liefert. Es iſt darum für eine Handarbeit, welche
von Maſchinen bedroht wird, zuweilen die ſicherſte Zuflucht, auf das nächſtver=
wandte künſtleriſche Gebiet überzutreten. Wie mancher Baumwollſpinner iſt auf
ſolche Art im Voigtlande, in der Schweiz u. ſ. w. zum Baumwollſticker geworden!
Wie mancher Weber hat ſich von den ordinären Zeugen, die immer den größten
Raum für die Maſchinenbenutzung darbieten, zu den gemuſterten, ſehr feinen oder
ſehr feſten Zeugen geflüchtet! In Zürich hat ſich das handmäßige Leinenweben ſeitdem
faſt ganz auf die allerfeinſten Arten geworfen; in England werden die koſtbarſten
Tücher noch jetzt in den alten Sitzen der Wollinduſtrie, Gloucefter und Wilt, pro=
ducirt, welche doch das übrige Gewerbe längſt andern, ſteinkohlenreichen Bezirken
überlaſſen haben.

---

*) Für die allerfeinſte Baumwolle wird noch jetzt, anſtatt der Flackmaſchine, das Zupfen
und Klopfen mit der Hand vorgezogen, „weil es mehr ſchont“.

IV. Nationalökonomische Wirkungen des Maschinenwesens.

Wir gehen über zu der volkswirthschaftlichen Licht= und Schattenseite des Ma= schinenwesens.

Da ist denn kaum zu bezweifeln, daß für das große Publicum der Consumen= ten, oder mit andern Worten für das Volksvermögen im Allgemeinen die Lichtseite vollständig überwiegt. Der Gebrauchswerth des Volksvermögens nimmt durch jede gelungene Maschinenverbesserung zu. Man hat dadurch für den bisherigen Umfang der Production weniger Menschenkräfte nöthig; denn Maschinen, wie schon Ricardo sagt, nützen nur dadurch, daß sie mehr Arbeit oder Beschwerden ersparen, als welche sie selbst gekostet haben. Denkbar ist es freilich, daß die solchergestalt ersparten Ar= beitskräfte fortan müßig gingen, aber durchaus nicht wahrscheinlich. Die bürger= liche Gesellschaft ist in der Regel nicht bereit, die durch Maschinen ersparten Ar= beiter mit ihrem vollen bisherigen Lohne zu pensioniren, und die Arbeiter werden also durch Nothwendigkeit wie durch Ehrgefühl zur Aufsuchung eines neuen Ar= beitskreises veranlaßt. *) Was sie in diesem hervorbringen, ist für die Volkswirth= schaft, im Ganzen betrachtet, reines Plus. Glücklicherweise liegt der neue Arbeits= kreis in den gewöhnlichsten Fällen ganz dicht neben dem frühern, weil thätige Ge= werbsunternehmer das ersparte Capital zur Ausdehnung ihres Betriebes anzuwen= den lieben. Wir dürfen mit F. B. W. Hermann sagen, daß die Natur selbst bei wirthschaftlichen Erfindungen auf die nämliche, und zwar höchst wohlthätige Art verfährt, wie die menschliche Gesetzgebung mit ihren Erfindungspatenten. Im An= fang gelingt es dem Erfinder meist, den Alleingebrauch seiner Erfindung zu be= haupten: das Publicum zahlt ihm noch immer die frühern Preise, während seine Productionskosten doch kleiner geworden sind, und er bezieht auf diese Art einen überlandesüblichen Gewinn. Allmälig aber wächst die Concurrenz; die Berufs= genossen des Erfinders ahmen ihm nach; er selbst findet es in seinem Interesse, den Betrieb auszudehnen und lieber an vielen Kunden je etwas weniger, als an weni= gen Kunden je etwas mehr zu verdienen. So kommt denn zuletzt der Preis des Products auf den Betrag der nunmehrigen Hervorbringungskosten herab, und den schließlichen, dauernden Vortheil haben die Consumenten. Diese können sich nun ihrerseits mit demselben Opfer bei weitem größere Genüsse verschaffen als zuvor.

Es gibt wenige Industriezweige, die hiervon so klares Zeugniß ablegten wie das Baumwollgewerbe. Nach Baines betrug in England die Einfuhr der rohen Baumwolle 1697: 1,976000 Pfund; 1764: 3,870000 Pfund. Nachdem ab 1767 die großen Maschinenerfindungen angefangen hatten, 1786: 19,475000 Pfund; 1805: 59,682000; 1825: 244,360000; 1830: 259,856000; 1846: 417,728000; 1848: 636,209000; 1850: 593,479300; 1851: 676,232000; 1852: 830,00000 Pfund. Auch in Frankreich hat sich die Einfuhr, die 1784—89 durchschnittlich nur 15 Millionen Pfund betrug, 1820—25 auf durchschnittlich 59 ¼ Millionen 1829—34 auf durchschnittlich 75 Millionen gehoben. Sie betrug 1849: 128,400000 Pfund. In ganz Europa hat sich von 1836—38 bis 1850—52 die Bevölkerung um 11 % vermehrt, der Baumwollgebrauch um 85 %. Das Pfund Garn Nummer 100 kostete in England 1756: 22 Gulden 48 Kreuzer; 1788: 21 Gulden; 1790: 9 Gulden; 1794: 9 Gulden 3 Kreuzer; 1832: 1 Gulden 45 Kreuzer. An Zeug erhielt man bereits vor 20 Jahren für 1 ⅚ Schilling durchschnittlich ebenso viel, wie 1814 für 16 Schillinge. (Marshall.) Im Jahre 1849 galten englische oder sächs= tische gedruckte Calicots 1 ½—3 ½ Pence pro Yard, während sie 1810 noch 3 Pence gekostet hatten.

Nimmt die Consumtion des wohlfeiler gewordenen Gutes genau in demselben Verhältniß zu, wie der Preis abgenommen hat, so bleibt der Tauschwerth des Pr

---

*) Am ersten könnte dies wol in dem Falle unterbleiben, wo das Landvolk bisher seine Mußestunden mit einer Hausindustrie beschäftigt hatte und diese nun durch eine maschinen= mäßige Großfabrik entsetzt worden ist.

tionalvermögens unverändert; nimmt sie in stärkerm Verhältniß zu, so wächst das Nationalvermögen nicht allein an Gebrauchswerth, sondern auch au Tauschwerth. Bei der Baumwollinduſtrie hat sich dieses Wachsen unzweifelhaft gezeigt. Man berechnete den jährlichen Werth der englischen Baumwollfabrikate 1766 auf ungefähr eine halbe Million Pfund Sterling, 1824 auf 33½ Millionen (Huſkiſſon), 1852 sogar auf 61½ Millionen. Ebenso unverkennbar hat sich der Tauschwerth des Büchercapitals infolge der Buchdruckerei vergrößert. Nach einer bei Cibrario mitgetheilten Notiz kostete 1528 die Bibliothek eines italienischen Advocaten, aus 16 Bänden juridischer Bücher bestehend, nicht weniger als 3979 Livres heutigen Geldes. Eine handschriftliche Bibel galt nicht selten 4—500 Goldgulden. Und doch wird Niemand bezweifeln, daß unsere gegenwärtigen Privat- und öffentlichen Bibliotheken, die Vorräthe unserer Buchhändler, Antiquare u. s. w. zusammen einen unendlich viel höhern Geldwerth haben als die Handschriften im 14. Jahrhundert. Nun darf man freilich nicht unter allen Umständen eine solche Entwickelung voraussetzen. Wenn die Nähnadeln um die Hälfte wohlfeiler werden, so braucht sich deren Consum noch keineswegs zu verdoppeln, weil das Nähen selbst kein Vergnügen ist, auch die Nähproducte durch das bloße Wohlfeilerwerden der Nadeln keine wesentliche Preiserniedrigung erfahren dürften. Etwas anders verhält sich die Sache, wenn unsere wohlfeiler gewordenen Nadeln jetzt vielleicht ein fremdes, bisher verschlossenes Marktgebiet erobern können. Bei Genußobjecten aber vermehrt eine Minderung der Productionskosten die Zahl der Abnehmer nicht in arithmetischem, sondern geometrischem Verhältniß, weil in normalen Volkswirthschaften jede Vermögensstufe, je tiefer sie liegt, umsomehr Angehörige zählt. Man hat zur Versinnlichung dieser Wahrheit das Vermögen des Volks mit einer Pyramide verglichen, und daneben eine Scala der Waarenpreise gestellt; je tiefer die einzelne Waare auf dieser Scala steht, einem desto breitern Durchschnitte der Pyramide entspricht sie. Das müßte schon eine kranke, jedenfalls eine wachsthumsunfähige Volkswirthschaft sein, wo diese Regel keine Geltung hätte.

Man hört so häufig die Behauptung, zumal von ältern Zeitgenossen, daß die Maschinenproducte bei schönerm Aussehen doch weniger haltbar seien als die Producte der Handarbeit. Vielleicht mag zu dieser Klage die gewöhnliche Selbsttäuschung des Alters, wie wenn die Zeit im Allgemeinen schlechter, jedenfalls unsolider würde, nicht wenig beitragen. Ich finde nämlich bei vielen Schriftstellern „der guten alten Zeit" dieselbe Klage, daß die neuen Moden immer mehr auf prunkende, aber schnell vergängliche Waaren gerichtet würden. *) Aber selbst wenn die Thatsache wahr ist, so liegt doch ganz sicher kein technologischer Grund vor, weshalb die Maschine unhaltbarer als die Hand arbeiten sollte. Im Gegentheil, die zweifellos größere Regelmäßigkeit der erstern muß an sich der Haltbarkeit durchaus günstig sein. Wie außerordentlich ungleichmäßig ist unser Handleinen, wo vielleicht zu demselben Stücke die Garnsorten aus drei, vier verschiedenen Dörfern gebraucht, und dessen Gewebe nachher bald von einem schwachen Mädchen, bald von dessen kräftigem Vater, bald wieder von dem abgelebten Großvater zustande gebracht worden! Jeder verschiedene Schlag mit der Lade macht das Zeug verschieden. So haben zahlreiche Versuche gelehrt, daß in gutem Maschinenflachsgarn die schwächsten Stellen mindestens halb so fest waren wie die stärksten, wogegen sich in gutem Handgespinnste die Extreme wie 2 zu 7 verhielten. **) Muthet man einem solchen ungleichmäßigen Producte Leistungen zu, welchen es im Durchschnitte wol gewachsen wäre, so werden die überdurchschnittlichen Stellen davon gar nicht angegriffen, die unterdurchschnittlichen aber bekommen Löcher. Hingegen ist wol zu glauben, daß mit der stark vermehrten Leichtigkeit der Verarbeitung durch Maschinen die Production des Rohstoffes nicht immer gleichen Schritt gehalten. Man hat also vielfach schlechtern Rohstoff zu Hülfe nehmen

---

*) Vgl. unter Anderm Horneck, „Öſtreich über Alles, wenn es nur will" (1684), S. 18.
**) „Deutſche Vierteljahrsſchrift", 1847, III, 106.

müssen, Werg statt des Flachses u. s. w., Stoffe zum Theil, die für die Hand
arbeit vormals zu schlecht gefunden wurden. Hier konnte denn allerdings die eigen
thümliche Stärke der Maschinen blos eine trügerische Außenseite hervorbringen. De
gleichen ist durch die Wohlfeilheit der Maschinenproducte Jedermann heutzutage i
Stand gesetzt, mit seinen Kleidungsstücken, Geräthschaften u. s. w. häufiger zu wech
seln. Das Bedürfniß solcher Abwechselung ist in Classen heimisch geworden, d
sonst gar nicht daran denken konnten. Hierbei mag oftmals der Solidität der Ar
beit wirklicher Abbruch gethan sein, durch alle Classen der Consumenten hindurc
weil sich der Gewerbfleiß eben nach der Mehrzahl seiner Kunden eingerichtet ha
Allein ich wiederhole, technisch darf man die Maschinen hierfür durchaus nicht ve
antwortlich machen. *)

Nach allem Diesen ist nicht zu leugnen, daß nicht blos die Einzelnen, sofe
sie Verzehrer sind, sondern auch das Volk im Ganzen durch die Einführung d
Maschinenwesens reicher geworden. Zwischen 1756 und 1815 hat der britische
Staat 33 Kriegsjahre gehabt, Jahre des Kriegs nicht selten zugleich mit dem größt
Theile von Europa und Amerika. Wenn das Volk dessenungeachtet nicht blos an p
litischer Macht, sondern auch an Reichthum gerade in dieser Periode die glänzen
sten Fortschritte gemacht hat, so muß das Zusammenwirken der großen Maschine
erfinder, wie Watt, Hargreaves, Arkwright, Crompton und Anderer zu den Haup
ursachen gezählt werden.

Viel eher läßt sich der Segen des Maschinenwesens für die handarbeitende Clas
bezweifeln. In ihrer Eigenschaft als Consumenten freilich gewinnt auch diese, u
viele Nationalökonomen thun sehr unrecht, wenn sie gerade für Handarbeiter d
Nutzen der wohlfeilern Kleidungsstücke und vieler ähnlichen Bedürfnisse ganz über
sehen. Aber in hochcultivirten Ländern, wo die stark entwickelte Arbeitstheilung
lebenslänglicher Berufswahl nöthigt, kann fast keine bedeutende Maschine aufkom
men, wodurch nicht Arbeiter brotlos würden. In der Regel freilich eröffnet sie a
der einen Stelle eine neue Nachfrage nach Arbeitern, während sie auf der ande
eine alte Nachfrage schließt. Ich erinnere vor allem an die Fabrikation der M
schinen selbst, womit 1841 in Großbritannien 16—17000 Arbeiter beschäftigt wa
ren, noch dazu besonders gebildete und gutbezahlte Arbeiter. Was mag nicht ei
einzige Stadt, wie Manchester, in dieser Hinsicht erfodern, wo in manchem Jah
mehr als 30 große Fabriken neu errichtet werden, mit ihren vielen Tausend We
stühlen, Spinnmaschinen u. s. w.; dazu die vielen Eisenbahnen, die sich hier kru
zen, die vielen Gaswerke, die Millionen Centner Metall, die sich als Räh
Kratzer u. s. w. täglich aneinanderreiben! In Spinnereigegenden macht heutzut
die Verfertigung der cannelirten Cylinder ein eigenes Gewerbe aus; ebenso die Ve
fertigung der Kratzleder und dgl. **) Es beruht auf einer ganz irrigen Idee, we
Sismondi klagt, daß oft eine Waare durch Maschinen blos um 10 % wohlfei
würde, die nämlichen Maschinen aber von je 100 Arbeitern 98 brotlos machen kön
ten. Eine Maschine, die 98 % der Arbeiter entsetzt, und gleichwol den Waare
preis auf die Dauer nur um 10 % erniedrigte, müßte selbst eine ungemein ko
spielige sein, sowol zu bauen wie zu erhalten. Diese Kosten aber lassen sich

---

*) Im engen Rahmen des Eisengewerbes kann die englische Puddlingsmethode ein charak
ristisches Bild des ganzen neuern Gewerbfleißes darbieten. Sie beruht auf größerer Arbei
theilung, Trennung des Schmelzprocesses vom Frischen und stärkerer Maschinenbenutzu
Walzen statt des Hämmerns u. s. w. Besser wird das Eisen bei der ältern Methode; a
die neue ist wohlfeiler, namentlich bei Wohlfeilheit der Steinkohlen; sie kann eher ins Gr
getrieben werden und gestattet eher, selbst die geringsten Sorten Roheisen zu verarbeiten.

**) Die Einführung der Baumwollmaschinenspinnerei hat in Zürich auf die andern Gewe
sehr wohlthätig zurückgewirkt. Zunächst wurde dadurch eine Menge von mechanischen Prä
werkstätten hervorgerufen: die Schmiede, Gießer, Drechsler gewannen einen kaum geahn
Wirkungskreis, was denn auch bald die Ackergeräthe sichtbar verbesserte. Hierauf entstan
eigene Cylinder-, Stahlspindel-, Baumwollkardenmacher u. s. w., bis endlich vollkomm
Spinnmaschinenfabriken aufkamen (Meyer von Knonau, „Der Canton Zürich", S. 107 f

letzten Grunde immer ganz oder theilweise auf menschliche Arbeit zurückführen, Arbeit, die vorher offenbar nicht begehrt war. Es hängt ferner mit der großen Regelmäßigkeit der Maschinenarbeit zusammen, daß sie nur unter Voraussetzung eines sehr gleichmäßigen, wohlzubereiteten Rohstoffs recht vortheilhaft ist. So würde z. B. ein großer Theil unsers deutschen Flachses für die Maschinenspinnerei gar nicht passen. Da die Handspinnerei vornehmlich in den Flachsbaugegenden herrscht und zum Theil von denselben Menschen wie der Flachsbau getrieben wird, so könnten gar viele durch die Maschinen außer Brot gesetzte Handspinner mit der bessern Behandlung des rohen Flachses voll beschäftigt werden. Der wirkliche Aufschwung des einen Gewerbszweigs, welcher den Maschinen verdankt worden, zieht in der Regel das Steigen anderer Gewerbe nach sich, die jetzt, rein theoretisch betrachtet, die abgelösten Arbeitskräfte aufnehmen können. Sinken die Baumwollzeuge durch Maschinenerfindung auf die Hälfte des frühern Preises, so haben alle Consumenten dieser Waaren die Hälfte ihrer gewohnten Ausgaben dafür zu freier Verfügung. Diese Summen werden sie wahrscheinlich sehr verschieden benutzen: der Eine um seine anderweitigen Genüsse zu steigern, der Andere zur Vergrößerung seines Geschäfts, der Dritte um ein Capital zinsbar anzulegen, d. h. in der Regel doch um es Fremden zu productiver Anwendung zu leihen. In jedem dieser Fälle muß eine neue Arbeitsnachfrage entstehen, freilich in sehr verschiedenem Grade: so z. B. viel mehr, wenn das Ersparte zum Bau einer Eisenbahn als wenn es zur Anschaffung ausländischer Weine benutzt wird. Aber nur bei muthwilliger Zerstörung oder ganz müßiger Aufspeicherung des Ersparten würde sich gar keine neue Arbeitsnachfrage darauf begründen, und solche Fälle sind doch in Ländern, wo viele Maschinen gebaut werden, regelmäßig höchst unbedeutend. Das Ausweichen auf diese neueröffneten Bahnen wird den Arbeitern dadurch wesentlich erleichtert, daß gerade die wirksamsten Maschinen in der Regel auch die kostspieligsten sind und sich deshalb nur langsam verbreiten. Die Dampfmaschine, vor 140 Jahren erfunden, hat erst seit ungefähr 80 Jahren in England, seit 50 Jahren auf dem Continente größern Spielraum gewonnen. Die Tuchscheermaschine ist über hundert Jahre alt, und noch immer wird manches Tuch mit der Hand geschoren. So ist man überall weit später zur Flachsmaschinenspinnerei übergegangen als zur Baumwollmaschinenspinnerei; sehr natürlich, da eine Flachsspindel wol fünf mal soviel kostet wie eine Baumwollspindel. Selbst die Erfindungspatente nützen in dieser Hinsicht, indem sie neue Maschinen während einer Reihe von Jahren künstlich vertheuern. Die armen Weber sind durch solche Umstände am wenigsten geschützt, weil die Webmaschinen verhältnißmäßig am wenigsten kosten.

Sonst haben jedoch zahllose Gewerbe durch die arbeitverstärkende Kraft einer Maschine solchen Aufschwung genommen, daß die arbeitsparende Kraft derselben Maschine dadurch überwogen wurde. Wenn für eine gegebene Waarenmenge drei Viertel der bisherigen Handarbeit überflüssig werden, der Absatz aber um mehr als das Vierfache steigt, so wird im Ganzen die Nachfrage nach Arbeit selbst auf dieser Stelle größer. So haben z. B. die Scheermaschinen die Anzahl der Scheerarbeiter keineswegs verringert, da man jetzt auch die groben Tuche, die Wollmusseline und Baumwollzeuge scheert. Aber der Betrieb dieser Arbeit durch selbständige Meister hat sehr darunter gelitten; sie ist jetzt großentheils ein Appendix der Fabriken geworden. In der Landwirthschaft haben die sogenannten Cultivatoren den Anbau der Hackfrüchte auf großen Gütern zuverlässig in höherm Grade vermehrt, als die Menschenarbeit für den einzelnen Acker dadurch vermindert worden ist. Das Pflanzen, Ernten und Verarbeiten der Hackfrüchte hat ja der Menschenhand immer noch verbleiben müssen. Und im Allgemeinen, wie hat sich der Anbau der Brache, also der Gesammtertrag der Landwirthschaft dadurch gesteigert! Besonders freilich die Proletarierfrucht, Kartoffel! Wie wenig es überhaupt nothwendig ist, daß Maschinen die Zahl der beschäftigten Arbeiter verringern, erhellt aus folgenden Thatsachen. Gerade in denjenigen Provinzen und Städten des britischen Reichs, wo das Maschinenwesen am meisten ausgebildet ist, hat die Bevölkerung sich am stärksten vermehrt. Sie wuchs von 1700—1821 in den vier nördlichsten Grafschaften um 108 %; in 18 rein landbauenden um 77; 6 zugleich landbauenden und fabricirenden um 93; 5 eisenarbeitenden um 157; 6 spinnenden und webenden um 253; in Lancashire allein um 546 %. In England ohne Wales vermehrte sich zwischen 1801 und 1841 die Bevölkerung der 23 ackerbauenden Grafschaften um 57 %; der 8 gemischten um 63; der 3 bergbauenden um 103; der 5 rein gewerbtreibenden um 120; der Hauptstadt um 99 %. Die Einwohnerzahl von Lancashire stieg von 1801—11 um 23 %; 1811—21 um 27; 821—31 um 27; 1831—41 um 24¾; 1841—51 um 23½ %. Sie betrug 1801: 672000; 1821: 1,050000; 1831: 1,336000; 1841: 1,667000; 1851: 2,064000. Die Stadt Manchester zählte 1778 nur 22000 Einwohner; 1801: 94000; 1831: 237000; 1841: 308000. Liverpool 1778: 54000 Einwohner; 1801: 77000; 1831: 189000; 1841: 293000. Glasgow 1755: 23000 Einwohner; 1782: 42000; 1801: 77000; 1831: 202000; 1851: 333000. Birmingham 1700 kaum 5000 Einwohner; 1782: 50000; 1801: 73000; 1851: 142000; 1841: 182000. Leeds 1801: 53000 Einwohner; 1831: 123000; 1841: 169000. Aberdeen 1811: 21000 Einwohner; 1831: 69000; 1851: 72000. So hat sich in Frankreich das fabrik- und maschinenreiche Norddepartement zwischen 1791 und 1851 von 447910 auf 1,158251 Bewohner gehoben, während das ganze Reich nur von mindestens 26 auf 35¼ Millionen wuchs. Auch darf man ja nicht glauben, als wenn die Lohnhöhe der englischen Fabrikarbeiter durch die Maschinen sehr herabgedrückt wäre. Ein Baumwollspinner von Nummer 300 verdiente wöchentlich 1804: 32½ Schilling in 74 Arbeitsstunden; 1833: 42¾ Schillinge in 69 Arbeitsstunden; 1850: 40 Schillinge in 60 Arbeitsstunden. Dabei ist der reale Werth des Geldes in England fortwährend gestiegen. Man kaufte für diese Löhne 1804: 117 Pfund Mehl oder 62 Pfund Fleisch im Durchschnitte; 1833: 267 Pfund Mehl oder 85 Pfund Fleisch; 1850: 320 Pfund Mehl oder 85 Pfund Fleisch. In den meisten englischen Factoreien steht der Lohn für Männer zwischen 10 und 40 Schillingen, für Weiber und Mädchen zwischen 7 und 15 Schillingen wöchentlich, sodaß eine Familie oft 100 Pfund Sterling jährlich verdient.

Natürlich ist eine solche Entwickelung nicht unbedingt und immer zu erwarten. Schon wegen der Kosten des Rohstoffes läßt sich der Preis der Fabrikate nicht in demselben Verhältnisse erniedrigen, wie am Verarbeitungslohne durch die Maschine erspart worden. Ob also dennoch in demselben, oder gar noch stärkern Verhältnisse der Absatz gesteigert werden kann, hängt von der Fähigkeit der übrigen Volkswirthschaftszweige ab, ein vermehrtes Angebot von Äquivalenten zustande zu bringen. Denn nur solches Angebot von Äquivalenten ist die eigentlich wirksame Nachfrage. Und zwar kommt es hier in letzter Instanz immer auf die Verarbeitungsrohstoffe und die Lebensmittel der Arbeiter an. Jedes Gewerbe trägt nur insofern die Garantie weitern Wachsthums in sich, als es für seine mehren Fabrikate auch mehre Fabrikanten und Lebensmittel eintauschen kann. Darum ist es schließlich immer die Wachsthumsfähigkeit des inländischen Ackerbaus oder aber des Handels mit dem rohproducirenden Auslande, wovon die Beantwortung unsrer Frage abhängt. So war z. B. in England während der Jahre 1813 und 1814, wo der Handel durch den Krieg mit Nordamerika ungemein litt, der Baumwollverbrauch geringer als 1801. Es ist also durchaus nicht gegründet, wenn Maculloch behauptet, daß der Lohn für ein gewisses Quantum Waaren stets und nothwendig in geringerm Verhältniß abnehme, als die dazu erforderliche Arbeitszeit infolge der Maschinenverbesserung. Vielmehr hängt die Höhe des Arbeitslohns im Großen und Ganzen der Volkswirthschaft von dem Verhältnisse ab zwischen Angebot und Nachfrage der Arbeit. Das Angebot kann natürlich durch die Einführung von Maschinen unmittelbar nicht verändert werden. Was die Nachfrage betrifft, so wird ihre Möglichkeit insofern dadurch weiter, als jede ökonomisch erfolgreiche Maschine das Volkseinkommen vermehrt. Auf der andern Seite darf man nicht übersehen, daß die wirkliche Arbeitsnachfrage innerhalb jener Möglichkeit von dem Willen der Unternehmer und Verzehrer abhängt; ja, der nächste Erfolg einer arbeitsparenden Maschine ist immer, die Capitalisten weniger eifrig um Arbeit, als die Arbeiter um Capital bemüht zu machen. Die Arbeitsnachfrage wird nicht sowol von der Größe des stehenden, sondern des umlaufenden Capitals bestimmt. Nun bedeutet aber jeder Maschinenbau die Verwandlung eines umlaufenden Capitals in stehendes. Es sind hier also höchst verschiedene, zum Theil entgegengesetzte Kräfte thätig, von welchen bald die eine, bald die andere überwiegt. Je mehr im Volke der Mittelstand mit seiner bescheidenen, aber breiten Consumtion vorwaltet, je mehr zugleich die neuerfundenen Maschinen die Production von Bedürfnißgegenständen auch der handarbeitenden Classe erleichtern, um so eher läßt sich hoffen, daß der reale Arbeitslohn in unserm Falle nicht zu sinken braucht.

Wenn es den Engländern nicht weiter möglich wäre, auf dem bisherigen Wege der großen Gutswirthschaft ihren Landbau productiver zu machen; wenn zugleich ihr Handel mit den fremden Kornländern, Baumwolländern u. s. w. keine Fortschritte machte, wol gar durch das Aufblühen einer heimischen Industrie daselbst, oder Voraneilen sonstiger Nebenbuhler verringert würde; und sie führen gleichwol fort, neue Maschinen zu erfinden, alte zu vermehren: so würden die entsetzten Arbeiter nicht blos vorübergehend, sondern definitiv ihr Unterkommen im Gewerbfleiße verlieren. Vielleicht könnte der Ackerbau hier eine zeitlang aushelfen: Anbau von Handelsgewächsen, Kartoffeln, überhaupt Spatencultur könnte die überflüssige Bevölkerung ernähren. Der Menschenstrom, der seit hundert Jahren wegen des raschwachsenden Gewerbfleißes von den Dörfern weg in die Städte gegangen ist, würde zurückfließen. Ohne Zweifel eine große, gefährliche Krise, zu deren glücklicher Überstehung es der höchsten sittlichen Gesundheit im Volke bedürfte! Wäre schließlich auch dieser Ausweg versperrt, und die Maschinen wüchsen noch immer, so blieben freilich nur noch Auswanderung, Armenpflege oder Verkümmerung für die neuentsetzten Arbeiter übrig. Zum Glück ist diese Gefahr in der Wirklichkeit nicht so drohend wie auf dem Papier. Wäre die Wirthschaft eines Volks in der That so traurig stationär, jeder weitern Entwickelung unfähig, so ist kaum denkbar, daß noch genug Erfindungsgeist und Capitalisirungstrieb zur Anlage vieler neuen Maschinen vorhanden sein sollte. Das Volksleben ist ja ein Ganzes, dessen verschiedenartige Äußerungen im Innersten zusammenhängen; und wer in wichtigen Beziehungen durchaus nicht mehr fortschreiten kann, der wird gar leicht im Allgemeinen deprimirt. Auch würde schon lange vor Eintritt eines solchen Zustandes der Arbeitslohn auf sein Minimum gesunken sein; damit wäre aber auch der Hauptgrund weggefallen, der sonst zu Maschinenanlagen treibt. Dieser Trieb ist am lebhaftesten in den Ländern, welche den höchsten Arbeitslohn haben, wie England und Nordamerika; in Ländern mit vorzugsweise niedrigem Lohne, wie China und Ostindien, sehen wir selbst die Frachtwagen mehrentheils durch Lastträger und Schiebkarren ersetzt, die Kutschen durch sogenannte Palankine, welche von Menschen getragen werden, und dgl.

Ganz ohne Schaden wird übrigens eine bedeutendere Maschine selbst im günstigsten Falle kaum einzuführen sein. Wie manche, mühsam erworbene Arbeitsgeschicklichkeit wird jetzt überflüssig! Rohe Landburschen, ja Kinder können den kräftigen und gelernten Arbeiter vertreten; der bisherige Vorzug des Letztern, gewissermaßen sein Hauptcapital, wird dadurch vernichtet. Ältere Personen haben selten die erforderliche Elasticität des Geistes und Körpers, um sich aus ihrem frühern Geschäfte in ein neues hinüberzusiedeln, auch wenn das letztere an und für sich ebenso leicht und angenehm sein sollte. Vielleicht erkennen die Handarbeiter nicht zur rechten Zeit die Unwiderstehlichkeit des Umschwungs; sie hoffen noch lange, sich neben der Maschine behaupten zu können, setzen darüber ihre besten Lebensjahre und ihr geringfügiges Capital vollends zu, und verpassen auf diese Art jede Möglichkeit des Ausweichens. Je rascher die Erfindungen aufeinanderfolgen, desto häufiger kehren

solche Übel wieder; und selbst die Fabrikherren können darunter leiden, indem ihre
alten Maschinen u. s. w. durch das Aufkommen neuer, besserer einen großen Theil
ihres Werthes verlieren. Freilich hängt es mit der Beschränktheit der menschlichen
Natur fast nothwendig zusammen, daß bedeutende allgemeine Fortschritte selten möglich sind, ohne einzelnen, an sich berechtigten Interessen zu schaden. „Keine Stube
kann gefegt werden, ohne daß es vorübergehend mehr stäubt als zuvor; selbst
der wohlthätigste Friedensschluß nach langem Kriege ist für Manchen ein Unglück!" (Stewart.) Diese Schattenseite des Maschinenwesens findet natürlich in
solchen Fällen nicht statt, wo das ganze Gewerbe, das dadurch gefördert werden
soll, bisher noch gar nicht im Lande existirte. Hier haben sich eben noch keine
Existenzen an den Fortbetrieb der unvollkommenen Methode geknüpft. Man sieht
dies z. B. in den Colonien europäischer Mutterländer. Aus demselben Grunde,
weil man leichter ausweichen konnte, weil die Arbeitstheilung weder so groß war,
noch so festgefahrene Geleise gebildet hatte, scheinen die vielen und überaus wichtigen
Erfindungen am Schlusse des Mittelalters — Windmühlen, Drehbänke, Webstühle,
Hammerwerke u. s. w. — wenig Menschen unglücklich gemacht zu haben. *)

V. Sociale Wirkungen des Maschinenwesens.

Der schlimmste Einfluß der Maschinen, zunächst auf die Arbeiter, welche damit zu thun haben, durch diese aber auch auf das Volksleben im Ganzen, besteht
darin, daß sie das Proletariat zu vergrößern pflegen, und zwar sowol extensiv
wie intensiv. Fast alles Dasjenige wiederholt sich hier, was wir oben von den
Folgen der großen Fabrikindustrie gesehen haben. Diese hängt mit dem Maschinenwesen in jeder Hinsicht zusammen. Nur mit Hülfe eines so mechanischen Regula-
tors der Arbeiter ist die kolossale Ausdehnung möglich, zu welcher die großen Fabriken unserer Zeit sich entwickelt haben. Aber auch andererseits können vorzugsweise
nur die reichen Fabrikherren die Anschaffung der wirksamsten und kostspieligsten Maschinen erschwingen. Wenn englische Theoretiker das Wort factory erklären wollen,
so definiren sie es gewöhnlich dahin, daß die Hauptsache ein von derselben Central-
kraft geleitetes Maschinensystem sein müsse. (Ure.)

Wir haben gesehen, daß die Bevölkerung in den meisten Fällen durch das
Maschinenwesen nicht vermindert, sondern vermehrt worden ist. Dies betraf jedoch
regelmäßig die besitz- und aussichtslose, d. h. eben die proletarische Bevölkerung am
meisten. Jede Menschenclasse hat die Tendenz, sich um so rascher zu vermehren,
je weniger nach ihren Standesbegriffen zum Unterhalt einer Familie nöthig ist. Man
denke nur an die ländlichen Tagelöhner im Vergleiche mit Bauern! Demnach wird
ein ordentlicher Handwerksmann in der Regel so lange mit seiner Verheirathung
warten, bis er Meister geworden ist; und dies wiederum setzt doch immer etwas
Capital voraus: er muß Werkzeuge, meist auch Rohstoffe kaufen, mit Einkasse-
rung seiner Rechnungen einige Zeit warten können u. s. w. Der vorzugsweise so
genannte Manufacturarbeiter hat in seinem Hausgewerbe schon weniger Capital nöthig,
da ihm Rohstoff und Muster gar oft von Seiten des Verlegers übergeben, seine
Waare fast immer, sobald sie fertig geworden, stückweise von diesem bezahlt wird.
So fehlen auch in seinem Leben die festen Avancementsstufen, welche dem Handwerker durch die Zunftverfassung geboten werden: er ist eher in seinen eigenen Augen ein „fertiger Mann", der nun auch mit dem Heirathen nicht länger zu warten
braucht. Indessen Werkstatt, gewöhnlich auch Werkzeug muß er doch selbst stellen.
Ganz anders beim Fabrikarbeiter, dessen Werkzeug die Maschine, dessen Werkstatt
die Fabrik ist, dem aller Rohstoff von Seiten des Herrn geliefert wird, der seinen
festbestimmten Lohn alltäglich oder wöchentlich empfängt. Der hat weiter gar nichts
in die Production einzuschießen, als nur seine persönliche Kraft; und zwar, je voll-

---

*) Ähnliches bereits von Herrenschwand beobachtet: „De l'économie politique moderne.
Discours fondamental sur la population" (Lond. 1786).

kommener die Maschine, je ausgebildeter die Arbeitstheilung ist, um so leichter und früher gewinnt diese Kraft die erforderliche Qualification. Die meisten Arbeiter sind wirklich im zwanzigsten Jahre so weit, daß sie wenig Hoffnung haben, jemals viel weiter zu kommen. Warum und bis zu welchem Termine sollten sie den Genuß der ehelichen Freuden aufschieben? Sind die Bräute gleichfalls in einer Fabrik angestellt, was eben durch das Maschinenwesen immer gewöhnlicher, so erwächst dem jungen Paare durch ihre Verheirathung zunächst auch nicht die mindeste Vermehrung der Unterhaltskosten. Kaum daß man Wohnungen nöthig hat; eigentlich nur Schlafstellen, denn am Tage hält man sich ja im Fabrikgebäude auf. Kommen Kinder, so fallen sie freilich, wenn nicht Krippen, Kleinkinderschulen u. s. w. aushelfen, einige Jahre hindurch ihren Ältern zur Last; gar bald aber können auch sie in der Fabrik mitverdienen. Es hat in England zu der großen Volksvermehrung der Maschinendistricte wesentlich beigetragen, daß man auf einen Spinner je vier Anknüpfer (piecers) gebraucht, wozu sich die Kinder des Spinners am natürlichsten eigneten. Auf solche Art sind ungewöhnlich zahlreiche Familien nicht viel schwerer durchzubringen als gewöhnliche: ein Umstand, welcher die Arbeiterzahl im Ganzen um so rascher steigern muß, je seltener Kinder, welche früh in die Fabriklaufbahn eintreten, hernach dieselbe wieder verlassen. Dies Letztere ist in gewisser Hinsicht auch nothwendig: um mit Maschinen zu arbeiten, wird eine solche Regelmäßigkeit erfodert, daß Personen, die erst nach Eintritt der Mannbarkeit damit anfangen wollen, sich fast niemals recht daran gewöhnen. Man hat in England beobachtet, daß sie es bald entweder selbst aufgeben oder entlassen werden.

Es ist neuerdings wol versucht worden, die Maschinenindustrie gegen den Vorwurf proletarischer Volksvermehrung in Schutz zu nehmen. Man hat gemeint, die auffallende Populationszunahme der Fabrikgegenden rühre mehr von Zuwanderung aus andern Districten als von Zeugung an Ort und Stelle her. So haben z. B. in England 1831—41 die zehn Grafschaften, welche den geringsten Zuwachs darboten (nur 5½ %), doch einen Überschuß der Geburten über die Sterbefälle von 10 % gehabt; dagegen die fünf Grafschaften mit dem stärksten Zuwachse (26 %) einen Geburtsüberschuß von nur 11 %. Jene zehn sind lauter ackerbautreibende: Buckingham, Oxford, Cumberland, Devonshire, Norfolk, Suffolk, Hereford, Westmorland, Wilt, das Northriding von York; diese fünf dagegen Hauptsitze der Industrie: Lancaster, Stafford, Monmouth, Durham, Warwick. Die unverhältnißmäßig vielen Trauungen der Fabrikstädte erklären sich zum Theil aus der größern Zahl junger Männer, welche eben durch die Zuwanderung hierher gekommen sind. So beträgt z. B. die Anzahl der Männer zwischen dem zwanzigsten und dreißigsten Jahre in der sinkenden Stadt Norwich nur wenig mehr als ein Siebentel der männlichen Bevölkerung überhaupt; in der aufblühenden Stadt Merthyr-Tydvil aber mehr als ein Viertel. *) Indessen für das Land im Ganzen bleibt die Thatsache darum nicht weniger gültig.

In dem Begriffe, den man heutzutage mit dem Worte „Proletarier" verbindet, ist der Mangel jeder sichern Verbesserungsaussicht für die Zukunft eines der wichtigsten und traurigsten Momente. Die meisten Fabrikarbeiter werden keineswegs so schlecht bezahlt, daß sie nicht durch fortgesetzte Sparsamkeit einen immer mehr wachsenden Nothpfennig sammeln könnten. Allein die Erfahrung lehrt, daß sie äußerst selten dazu hinneigen. So kam z. B. in England überhaupt vor zehn Jahren ein Sparkassendeponent auf 21 Einwohner, in Middlesex (London) auf 14, in der londoner Altstadt sogar auf 3, in dem halb ackerbauenden, halb fabricirenden Yorkshire auf 18, in den reinen Ackerbaugrafschaften Kent auf 18, Salop auf 15, Devon auf 12 Einwohner; dagegen in Lancaster, dem Hauptsitze des Maschinen-

---

*) Vgl. „Edinburgh review", LXXX, 93 fg. Die ebendaselbst, S. 98, mitgetheilte Tabelle der Ehen, welche vor dem einundzwanzigsten Lebensjahre geschlossen worden, zeigt auch, daß die Fabrikgegenden in dieser Hinsicht keineswegs viel leichtsinniger verfahren als andere.

gewerbfleißes, nur auf 33. In Frankreich hatten am 31. Dec. 1837 die Fabrikstädte Lyon, St.-Etienne, Mühlhausen, Rheims, Lille, Rouen und Elboeuf, bei
mehr als 400000 Seelen Bevölkerung, nur 10,506000 Francs Sparkassendepo-
situm; 14 Nichtfabrikstädte, worunter Metz, Orléans, Versailles, Strasburg, zusammen mit noch nicht 400000 Einwohnern, 14,331000 Francs Sparkassenvermögen;
die Handelsstädte Bordeaux, Marseille, Nantes, St.-Malo, St.-Brieu, Cherbourg,
Toulon und Brest, mit einer wenig stärkern Gesammtbevölkerung, über 19½ Millionen Francs. Paris endlich, zwar ein Hauptsitz der Industrie, aber nicht gerade
der maschinen- und fabrikmäßigen, besaß fast ein Drittel der französischen Sparein-
lagen überhaupt. (L. Faucher.) Diese Thatsachen erklären sich ohne Schwierigkeit.
Für die meisten Menschen haben Ersparnisse nur dann größern Reiz, wenn sie dieselben fruchtbar anlegen können; das geschieht aber am leichtesten und handgreif-
lichsten im eigenen Geschäft, wo man gleichsam das erübrigte Samenkorn selbst
pflanzen und warten kann, wo man es täglich wachsen sieht und sich darüber freut.
Wie nahe liegt das den Bauern, Krämern, auch den meisten Handwerkern! Dem
Fabrikarbeiter wird es kaum möglich sein, und das ist kein besonderer Sporn zu
Ersparnissen. Die Thätigkeit der Fabriken wird bekanntlich durch Handelskrisen zuweilen unterbrochen; je größer die Arbeitstheilung im Volke, je ausgedehnter sein
Absatz, desto häufiger und schädlicher kommen solche Krisen vor. Man sollte mei-
nen, dies wäre ein deutlicher Fingerzeig für den Fabrikarbeiter, in der guten Zeit
auf die böse, arbeitslose zu sparen. Allein die Krisen treten gar zu unregelmäßig
ein; mitunter gehen vier und fünf Jahre vorüber ohne die mindeste Stockung, und
dann kommen Jahre, wo die Hälfte, ja mehr als die Hälfte der Arbeitsstunden
gefeiert werden muß. Solche Schwankungen übersteigen die Berechnungskraft des
gemeinen Mannes; ehe er sich dagegen zu assecuriren sucht, nimmt er Glück und
Unglück lieber als unwiderstehlich hin, mag sich wenigstens keine Assecuranzopfer
auflegen, zumal die bessern Arbeiter auch in Handelskrisen verhältnißmäßig noch am
längsten beschäftigt bleiben.*) Wie sehr gerade häufige Maschinenverbesserungen,
Umleitungen des Absatzes, überhaupt ein besonders schwunghafter Zustand des Gewerbes im Allgemeinen die einzelnen Arbeiter, die nur eine ganz bestimmte Operation verstehen und gar kein Capital zuzusetzen haben, persönlich unsicher stellt,
davon ist oben schon die Rede gewesen. Hier füge ich nur noch die Bemerkung
hinzu, daß alle diese Unsicherheiten, weit entfernt, die Volksvermehrung zu hindern,
wol gar noch ein Reizmittel derselben ausmachen. Was hält in Ländern, wo die
Landwirthschaft mit geschlossenen Bauergütern vorherrscht, die Bevölkerung in so
engen Schranken? Hauptsächlich die Einsicht der Bauern, daß ihre Kinder nur auf
Grundlage des älterlichen Vermögens einen standesmäßigen Unterhalt behaupten können. Unter solchen Umständen hütet sich der Vater wohl, mehr Kinder ins Leben
zu rufen, als diese Grundlage verträgt. Auch bei zünftigen Handwerkern, zum
solchen, deren Gewerbe einen ausschließlich localen, also streng zu berechnenden Absatz hat, ist ein ähnlicher Maßstab anzulegen. Bei Fabrikarbeitern offenbar nicht,
und zwar umso weniger, je mehr sie für den Weltmarkt und ohne eigenes Capital
produciren. Wo der Arbeiter eben nur seine gesunden Gliedmaßen braucht, um
einen Haushalt darauf zu begründen, da meint er, daß seine Nachkommen, und
wären ihrer noch so viele, in keiner schlimmern Lage sein können, als er selbst.

Fast mit jeder höhern Ausbildung des Fabriksystems wird die Abhängigkeit des
Arbeiters von seinem Herrn größer. Die reine Theorie muß freilich zugeben, daß der
Fabrikherr zum Fortgange seiner Production ebenso wol geschickte und fleißige Arbeiter
nöthig hat, wie die Letztern eines capitalreichen und einsichtsvollen Herrn bedürfen.
Allein in der Praxis zeigt sich diese wechselseitige Abhängigkeit doch sehr verschieden.
Auf der einen Seite die Arbeitsnachfrage ganz weniger Herren, auf der andern die

---

*) Die Fabrikherren pflegen in einer Krise die schlechtesten Arbeiter zuerst gehen zu lassen
und die wenige vorhandene Arbeit unter die bessern möglichst gleichmäßig zu vertheilen.

Angebot durch große Haufen von Arbeitern. Die Herren durch ihr Capital in Stand gesetzt, monatelang, allenfalls jahrelang auf eine bessere Conjunctur zu warten; die Arbeiter von Woche zu Woche der Beschäftigung dringend bedürftig. Jene verlangen die Arbeit, um Gewinn zu machen; diese, um zu leben. Jene sind einsichtsvoll genug, um alle betreffenden Umstände zu überschauen, ihren Plan danach zu entwerfen und consequent festzuhalten; unter den Letzten ist die Mehrzahl jedes eigentlichen Calcüls und Plans unfähig. Finden sich ja einzelne Klügere unter den Arbeiterscharen, so hält es unsäglich schwer, die große Masse zu überzeugen, noch schwerer, den begonnenen Plan gegen Furcht und Hoffnung aufrechtzuerhalten. Wie leicht werden die Herren widerstrebende Arbeiter in wirksamen Verruf thun können, wie unendlich schwer umgekehrt die Arbeiter harte Herren! Die Verabredungen der Arbeiter haben fast unvermeidlich einen tumultuarischen, aufruhrartigen Charakter, wodurch selbst die unparteiische Staatsgewalt zur Unterdrückung gereizt wird; die der Herren können in tiefster Verborgenheit vor sich gehen, und sind eben darum besonders unwiderstehlich. So muß auch die immer größere Arbeitstheilung innerhalb der Fabrik die Überlegenheit des leitenden Kopfes, welcher das Ganze zusammenhält, über den einzelnen Arbeiter, der nur ein ganz kleines Rädchen der großen Maschine bildet, immer bedeutender machen; der Letztere wird individuell immer leichter zu ersetzen. Mit Einem Worte: wenn jede Preisbestimmung durch einen Kampf entgegengesetzter Interessen zustande kommt, so ist hier dieser Kampf ein überaus ungleicher.

Die Abhängigkeit des Arbeiters von seinem Fabrikherrn wird noch bedeutend gesteigert durch das sogenannte Truck- und Häuschensystem. *) Bei dem erstern geschieht die Lohnzahlung, wo nicht ganz, doch theilweise in Naturalien statt in Geld, und zwar entweder unmittelbar oder durch Anweisung auf einen mit der Fabrik in Verbindung stehenden Kaufladen. Bei dem letzten wird des Arbeiters Wohnung vom Fabrikherrn beschafft, und deren Miethzins auf seinen Lohn angerechnet. Das ganze Verfahren hat sich am frühesten und natürlichsten bei solchen Fabriken eingestellt, welche isolirt auf plattem Lande lagen. Und es ist nicht zu leugnen, unter Voraussetzung eines idealen Herrn würde Manches daran zu rühmen sein. Bekanntlich muß der ärmere Consument seine Bedürfnisse meist am theuersten bezahlen, weil er nur in kleinen Quantitäten kauft, weil er die günstige Conjunctur nicht abwarten kann, die Hülfsmittel des Credits nicht zu seiner Verfügung hat. Durch Vermittelung eines zugleich uneigennützigen und kaufmännisch gebildeten Fabrikherrn würden die Arbeiter an allen Vortheilen des Einkaufs im Großen participiren. Wie schon Sir Robert Peel bemerkte, so findet kein Mensch etwas dabei zu erinnern, daß der Staat seine Soldaten und Matrosen größtentheils in Naturalien und Wohnung befoldet. Aber freilich bei einem nicht ganz uneigennützigen, ja positiv menschenfreundlichen Herrn ist der Misbrauch im höchsten Grade gefährlich. Im kaufmännischen Verkehr mit seinen Arbeitern tritt ja der Herr ganz ohne den sonst üblichen Sporn und Zügel der Concurrenz auf. Ein Fabrikant in Sheffield wurde gestraft, weil er einen Arbeiter gezwungen hatte, Tuch zu 35 Schillinge pro Yard anzunehmen, das nur 11 Schillinge werth war. In Stafford bekamen die Arbeiter ihren Lohn monatlich; vor Ablauf des Monats konnten sie nur Bons erhalten, die sie mit 25 % Verlust zu Gelde machten. Andere Herren gaben Vorschüsse auf den Lohn mit 5 % Disconto wöchentlich. Selbst Kirchenplätze wurden den Arbeitern angewiesen und der Preis vom Lohne abgezogen. Es wird unendlich schwer halten, gerade Betrügerei in Waaren immer nachzuweisen; und wie grob müßte der Betrug schon sein, wenn der abhängige Arbeiter gegen seinen mächtigen Herrn deswegen auftreten sollte! Bei der Vermiethung ihrer Cottages an Arbeiter sollen manche englische Fabrikanten auf dem Lande einen Gewinn von 50—75 % machen. Sogar in den Städten wird nicht leicht ein anderer Wohnungsspeculant

---

*) Truck-system, cottage-system.

mit ihnen wetteifern können, da sie fast niemals Gefahr laufen, ihre Häuschen lee[r]
stehen oder auch nur den Miethzins rückständig bleiben zu sehen. Der Arbeite[r]
wird nunmehr doppelt abhängig: sein Herr kann ihn durch einen einzigen Künd[i]-
gungsact zugleich brotlos und obdachlos machen; er läuft dann Gefahr, als Vaga-
bond behandelt zu werden. Die ohnedies schon so geringe Vorausberechnung un[d]
Sparsamkeit der Fabrikarbeiter wird durch das Aufdrängen von Consumtionsgege[n]-
ständen an Zahlungsstatt noch mehr geschwächt; man kann hier fast nicht umhi[n,]
den Lohn sofort zu verzehren. Manche Herren verlegten die Auszahlung de[s]
Lohns absichtlich in ein von ihnen gehaltenes Wirthshaus! Man darf überhaupt sag[en]
die Naturallöhnung ist „naturwüchsig" blos auf den niedern Wirthschaftsstufe[n]
Da wird das Harte in ihr, nämlich die große Abhängigkeit des Arbeiters, durc[h]
den patriarchalischen Sinn des Herrn, jedenfalls durch den gebundenen, unspecula[-]
tiven Charakter der ganzen Volkswirthschaft gemildert. Wenn dagegen auf höher[er]
Culturstufe die Rastlosigkeit der Speculation und die Beweglichkeit des Geldverkeh[rs]
Alles durchdrungen hat, und nun die nominell freie Concurrenz thatsächlich nur a[uf]
Seite des Stärkern frei ist: so vereinigen sich die Härten des Mittelalters und d[er]
der neuern Zeit, während doch sonst jeder consequent ausgebildete Zustand neb[en]
dem Gifte das Gegengift hervorzubringen strebt. Hier ist gewiß, wenn irgendw[o]
das Einschreiten des Staats indicirt. Aus diesen Gründen hat z. B. die eng[-]
lische Gesetzgebung seit dem Anfange des vorigen Jahrhunderts die Ablöhnung i[n]
Waaren den meisten Fabrikationszweigen völlig verboten. *) Allein schon die meh[r]
fache Wiederholung des Gesetzes zeugt für die häufige Übertretung desselben; und i[n]
der Praxis muß es schwer durchzuführen sein, wofern nur pro forma die Zwisch[en]
kunft des baaren Geldes nicht ganz versäumt wird.

Eine so große, mehr noch so einseitige Abhängigkeit unter Menschen mu[ß]
immer eine schwere sittliche Versuchung bilden, wenn sie nicht durch warme g[e]
genseitige Liebe verklärt wird. Dies geschieht z. B. in dem Verhältniß zwischen Alte[n]
und Kindern. Das zwischen Fabrikherren und Arbeitern ist leider von der A[rt]
daß es den Meisten für solche persönliche Gefühle zu weit dünkt. Fast in jed[er]
Fabrikgegend hört man Klagen, wie die Herren doch von ihren Arbeitern durch ei[ne]
so gewaltige Kluft getrennt seien. Nur in geschäftlicher Beziehung nähmen [sie]
Notiz voneinander; aber ihre Erholungen, ihre Literatur und Kunst, ihre politisch[en]
Interessen seien so verschieden wie zwei Welten. Selbst die Kirche vermag dies[en]
schroffen Gegensatz nicht zu heben; wie oft sind in Schottland die Herren äußerli[ch]
sehr fromm, ihre Arbeiter die erklärtesten Irreligiosen! Oder sie gehören de[n]
verschiedenen Confessionen zu, wie denn namentlich die Baptisten hauptsächlich un[-]
ter den Fabrikarbeitern Anklang finden. Die neuere Nationalökonomie redet ge[rn]
von einem nothwendigen Kampfe zwischen Arbeit und Capital; und das ist weni[g]-
stens insofern begründet, als bei unveränderter Gesammtgröße des Nationaleinkom[-]
mens eine Steigerung des Arbeitslohns nur auf Kosten des Capitalzinses vor s[ich]
gehen kann, und umgekehrt. Natürlich kann das Licht dieser Einsicht, zumal [w]
es nicht mit voller Klarheit leuchtet, in den Zunder menschlicher Leidenschaft [ge]
gefährliche Funken werfen. Das Vorhandensein eines zahlreichen Mittelstandes [von]
kleiner Capitalbesitzer, die aber selbst mit Hand anlegen, ist hier ein treffliches V[er-]
söhnungsmittel: also von Bauern, Handwerkern u. s. w., die gleichsam in i[hrer]
Person beide entgegengesetzten Interessen vereinigen. Im Fabrikwesen fehlen solch[e]
da stehen sich die Interessen in der nacktesten Schärfe gegenüber. Die Arbe[iter]
sind fast gezwungen, den Glanz ihres Herrn, den Abstand seines Luxus von ih[rer]
eigenen Dürftigkeit in nächster Nähe zu betrachten, während z. B. der ländlich[e]
Tagelöhner eines großen Gutsbesitzers den an sich nicht geringern Contrast me[hr]
viel weniger vor Augen hat. Wollte man schlechthin sagen, Maschinen und F[

---

*) Schon 1 Anne, Cap. 18; dann 13 George II., Cap. 8. Neuerdings wieder 18[
In den Tuchfabriken erwähnt Anderson bereits vom Jahre 1464 ein ähnliches Gesetz.

briten steigerten das Elend, so wäre dies falsch; aber sie concentriren es jedenfalls, in dichtbevölkerten Gewerbedistricten, kolossalen Gewerbehauptstädten u. s. w., und machen es eben dadurch ungemein viel bemerkbarer. Die Unzufriedenen überzeugen sich von der Größe ihrer Zahl, jeder Einzelne entflammt sich noch mehr an den Übrigen. Und was das Schlimmste ist, die Abhülfe wird positiv schwieriger, da natürlich Gewerbkrisen, wenn bei großer Arbeitstheilung eine ganze Gegend von demselben Gewerbe lebt, auch die ganze Gegend, Reiche wie Arme, in Noth versetzen. Oft sind die Fabrikherren geradezu gezwungen, den Lohn ihrer Arbeiter zu erniedrigen; wie lebhaft werden diese nun, durch Unwissenheit, Verzweiflung, Wühlerei verblendet, ihre Herren als ihre Feinde betrachten! Einzelne unbarmherzige Ausnahmen, wo dies wirklich der Fall, gelten dann als Regel; um so leichter, weil die Fabrikherren durch ihre ganze Stellung wirklich mehr im Stande sind, ungünstige Conjuncturen auf die Arbeiter abzuwälzen, als umgekehrt. Dies ist der Boden, worauf die Giftpflanzen der socialistischen und communistischen Utopien am üppigsten gedeihen. In England, wo der eminent praktische Sinn des Volks das Wuchern verkehrter Systeme sehr beschränkt, ließen sich doch einzelne Äußerungen erbitterter Opposition unter den Fabrikarbeitern schon seit langer Zeit und in bedenklicher Menge beobachten. So empfing Niebuhr 1829 ein Pamphlet in der vierten Stereotypausgabe aus der Hand eines englischen Radicalen. Die Vignette zeigte ein furchtbar häßliches Weib, dessen Kopfputz aus Krone und Mitra wunderlich zusammengesetzt war, und das ein unförmlich dickgewordenes Panze noch mehr vollnudelte, während fünf andere, hungerige und zerlumpte Kinder daneben um Speise jammerten, oder in dumpfer Verzweiflung am Boden saßen.*) In weitverbreiteten Gedichten (z. B. von Mead, Gerald Massey und Andern) werden die Fabrikherren unter dem Namen Mill-Lords **) gegeißelt, die Dampfmaschinen dem Moloch verglichen, der auch Feuer in seinem Innern hatte und lebendige Kinder fraß.

Einen um so schönern Eindruck machen die Bemühungen einzelner edeln Fabrikherren, sich gemüthlich mit ihren Arbeitern in gutes Vernehmen zu setzen. In England haben vornehmlich die Herren Gregg auf diesem Wege Bahn gebrochen, die sich warm für die Veredelung der Mußestunden ihrer Leute interessirten, gymnastische Spiele u. s. w. für deren Kinder einrichteten, die besten Arbeiter auf eine passende Art in ihren eigenen Gesellschaftskreis hereinzogen u. s. w., Alles nachweislich mit dem schönsten Erfolge. Freilich darf man von der Nachahmung solcher Beispiele nicht unmittelbar zu viel hoffen. Um zu gelingen, setzt dieser Versuch immer eine ausgezeichnete Persönlichkeit voraus, die sich insgemein ziemlich bald eine Elite von Arbeitern zulegen wird. Gregg selbst gesteht ein, er habe seine ursprünglichen Arbeiter fast alle zuvor loswerden müssen. Wären sämmtliche Fabrikherren solche Gregg, so würden die Arbeiter es ihnen bald nicht mehr Dank wissen; denn der Mensch dankt in der Regel nur für ungewohnte, unerwartete Wohlthaten. Indessen wer einen Theil einer Classe wirklich hebt, der trägt schon dadurch zur Hebung der ganzen Classe bei. Insofern sind auch die Subscriptionen zu London, Manchester u. s. w., um für die niedern Volksclassen Parks zu gründen, obschon hier von persönlichem Dankgefühle kaum die Rede sein kann, gewiß Samenkörner einer bessern Zukunft.

Die ärgste Schattenseite des neuern Fabrik- und Maschinenwesens besteht in der unzweifelhaft damit verbundenen Auflockerung des Familienbandes.

Ein großer Theil der Maschinen erfodert zu seiner Wartung so wenig mensch-

---

*) „Niebuhr's Briefe", III, 242 fg.

*) Im Gegensatze der viel weniger verhaßten Mylords. Mill heißt im Englischen jede Fabrik, die von Maschinen getrieben wird. Für die Geringschätzung der menschlichen Persönlichkeit der Arbeiter ist auf Seiten der Herren der sehr gewöhnliche Ausdruck mill-hand (== Arbeiter) charakteristisch.

liche Kraft, daß sie ebenso gut durch Frauen und halberwachsene Kinder wie durch Männer bedient werden können. In manchen Fällen ist die schwache, feine Hand sogar technisch wirksamer als die kräftige, grobe. In jedem Falle aber, wo Frauen- und Kinderarbeit auch nur denselben technischen Erfolg hat wie die Arbeit von Männern, ist die erstere für den Standpunkt des Unternehmers ökonomisch vortheil- hafter, wegen der bedeutend geringern Unterhaltungskosten. In Großbritannien be- fanden sich 1835 unter je 100 Arbeitern überhaupt in der

	Baumwollfabrikation.	Wollfabrikation.	Flachsfabrikation.	Seidenfabrikation.
Weiber	54,3	47,5	68,8	66,8
Männer	45,7	52,5	31,2	33,2.

Und was das Lebensalter betrifft,

unter 12 Jahren	3,7	6,7	3,7	20,9
12—13 Jahre	9,3	12	12,2	8,7
13—18 Jahre	29,8	29,8	36,1	30,8
über 18 Jahre	57,2	51,5	48	39,6.

(Porter.)

Nach officiellen Angaben vom März 1847 gab es in allen drei Reichen 316327 Baumwollarbeiter (ohne Spitzen- und Strumpffabrikation), 73406 Arbeiter in Wolle, 52178 in Worsted, 58258 in Flachs, 44707 in Seide. Davon

Arbeiter in	unter 13 Jahren.		13—18 Jahre.		über 18 Jahre.	
	Männer.	Weiber.	Männer.	Weiber.	Männer.	Weiber.
Baumwolle	11106	7291	37452	57378	85533	117667.
Wolle	4288	3127	12015	10151	27610	16215
Worsted	3453	3884	4477	10865	7366	22133
Flachs	954	1075	6816	13000	10430	25983
Seide	2968	4836	3666	9640	7359	16238

Übrigens ist das Verhältniß in den verschiedenen Theilen des britischen Reichs sehr verschieden. So kommen z. B. nach Ure in den Baumwollfabriken von Lan- cashire auf je 100 Männer 105 Weiber, in den schottischen 209; in den Flachs- fabriken von Leeds auf je 100 Männer 147 Weiber, in denen zu Dundee hinge- gen 280. In der Tuchindustrie sind äußerst wenig Frauen beschäftigt. Übrigens tritt bei den weiblichen Arbeitern nach dem einundzwanzigsten Jahre eine starke Verminderung ein, weil so viele dann heirathen und austreten. Damit aber Niemand wähne, die Theil- nahme der Frauen und Kinder sei etwas der englischen Industrie Eigenthümlichen, so findet sich z. B. in der so jungen catalonischen Baumwollfabrikation ein ganz ähnliches Verhältniß. Nach Ramon de la Sagra zählen die Baumwollspinnereien und Druckereien Cataloniens 34507 Arbeiter, wovon gegen 20000 weibliche und mehr als 12000 Kinder beiderlei Geschlechts. Die Webereien beschäftigen 44400 Arbeiter, darunter mehr als 12000 Frauen und im Ganzen 15000 Kinder. Nicht viel anders in der lombardischen Industrie. In einem Umkreise um Lecco, den we- nig mehr als 9000 Menschen bewohnen, sind 2296 Arbeiterinnen unter 15 Jahren. In der Provinz Bergamo, die etwa 360000 Einwohner zählt, findet man unter 44000 gewerblichen Arbeitern überhaupt gegen 7000, die noch nicht 14 Jahre alt sind. In den Fabrikgewerben des Königreichs Sachsen befinden sich nach amtli- cher Angabe von 14 Jahren und weniger 165 männliche, 209 weibliche Arbeiter; von 14—21 Jahren 19250 männliche, 15052 weibliche; von 21—30 Jahren 15697 männliche, 8926 weibliche; 30—60 Jahren 10745 männliche, 8377 weib- liche; über 60 Jahre 1968 männliche, 4637 weibliche Arbeiter.

Rein ökonomisch betrachtet, ist dieses Mitarbeiten von Weib und Kind für die Arbeiterfamilien augenblicklich ein Vortheil. Ob auf die Dauer, steht doch sehr in Zweifel. Bekanntlich bilden alle nothwendigen Unterhaltskosten nicht blos der wirschen Arbeiter, sondern im Ganzen auch des heranwachsenden Geschlechts das Minimum des Arbeitslohns. Ginge derselbe jemals unter diese Grenze herab, so würde sich der Arbeiterstand nicht länger nach Bedarf rekrutiren können; das Angebot von Arbeit also verminderte sich nach einiger Zeit, und wenn die übrigen Umstände, namentlich die Nachfrage nach Arbeit, gleichgeblieben wären, so müßte der Lohn wieder steigen. Durch das Mitarbeiten von Weib und Kindern wird nun offenbar jene Minimalhöhe selbst, unter welche der Lohn nicht auf die Dauer sinken kann, erniedrigt. Der Mann könnte jetzt weniger verdienen, und seine Familie dessenungeachtet leben. Benutzten sämmtliche Arbeiterfamilien den auf solche Weise durch Frau und Kind vergrößerten Nahrungsspielraum dazu, sich feinere Bedürfnisse anzugewöhnen, oder mit andern Worten, sich auf der gesellschaftlichen Stufenleiter einen Grad höher zu heben, so würde sich dieser Zustand wol behaupten können. Wenden sie aber, was ebenso gut möglich, die Gelegenheit nur dazu an, noch früher als bisher zu heirathen, noch rücksichtsloser Kinder zu zeugen, so machen sie sich selbst die stärkste Concurrenz, und der Arbeitslohn wird dadurch früher oder später auf den nunmehrigen, d. h. also gegen ehemals erniedrigten Minimalsatz herabsinken. Leider bezeugt die Erfahrung, daß die Arbeiter wenigstens ebenso leicht zu dieser zweiten wie zu jener ersten Alternative hinneigen; ja, wir haben gesehen, wie gerade in dem Mitarbeiten der Frauen und Kinder ein Hauptmoment zu leichtsinniger, proletarischer Volksvermehrung liegt. Hat dieses Moment vollständig gewirkt, so ist nun der vergrößerte Nahrungsspielraum nicht durch besser genährte, wärmer gekleidete u. s. w., sondern nur durch mehr Menschen ausgefüllt, die selbst ihre Kindheit und ihr häusliches Glück aufgeopfert haben, ohne doch mehr damit zu erreichen als früher. *)

Und was hätte man inzwischen über Bord geworfen! Der Mann hat nun aufgehört, der Ernährer seiner Familie zu sein: damit ist aber die natürlichste, unzweifelhafteste Grundlage seiner väterlichen und ehelichen Autorität angegriffen. Hier sind die Träumereien alter und neuer Sophisten von der Weiberemancipation bereits einigermaßen verwirklicht: die Frau denselben Geschäften hingegeben wie der Mann, selbständig wie er; aber auch eine furchtbare Anzahl von wilden Ehen. Was soll man zu dem Extreme sagen, welches hier und da vorgekommen ist, daß die Frau in der Fabrik arbeitete, während der Mann zu Hause kochte, die Kinder wartete und Strümpfe ausbesserte? Nicht minder verderblich ist die frühe wirthschaftliche Selbständigkeit von Kindern, die weder geistig noch körperlich dafür reif sein können. Man hat in den londoner Fabrikdistricten 14 Branntweinläden eine zeitlang beobachtet; da fand sich nun, daß jeder einzelne durchschnittlich von 2748 Gästen täglich besucht wurde, worunter 1453 Männer, 1108 Weiber und 187 Kinder. In Manchester beobachtete Braidley eines Abends einen Geneverladen, wo binnen 40 Minuten 112 Männer und 163 Frauen eingingen. Diese Schenken, oft förmlich Ginpaläste, werden von allen Häusern der Stadt mit am frühesten geöffnet und am spätesten geschlossen; ihre Zahl ist seit einigen Jahrzehnten in einem vier mal stärkern Verhältnisse gewachsen als die der Einwohner. Diese monströse Bedeutung der Wirthshäuser steht mit der Lockerung des Familienbandes nicht nur als Folge, sondern auch als Ursache im Zusammenhang. Wie soll der Arbeiter sein Haus lieb haben, wenn er nicht den mindesten eigentlichen Comfort darin findet, Abends kein warmes Stübchen, Mittags kein Essen u. s. w., weil die Hausfrau den ganzen Tag über in der Fabrik sein muß? Wo aber keine Liebe die Familienglieder zusammenhält, da liegt es nur allzu nahe, daß die Schwachen von den Starken gemißhandelt

---

*) Dieser ganze Vorgang läßt sich auf das genaueste damit vergleichen, wenn man die Sonntage der Arbeiter zu Werkeltagen machen wollte: zunächst eine Steigerung des Lohnes, vielleicht um ein volles Sechstel wöchentlich; hernach aber, wenn die Arbeiter anfangen ihre Zahl in Rechnung hierauf zu vergrößern, doch wieder ein Zurückgehen auf den vorigen Lohnsatz, wo dann für denselben Lohn eben nur die vermehrte Anstrengung, die verminderte Ruhe, Sammlung u. s. w. geblieben wären.

werden. Für Ältern, die blos ihre Selbstsucht fragen, ist die Vernachlässigung der ganz kleinen Kinder offenbar das Bequemste und die Ausbeutung der etwas größern das Vortheilhafteste. Im Jahre 1841 wurden zu Manchester 2730 verlorene Kinder auf der Straße gefunden und polizeilich ihren Ältern zurückgeliefert; in andern Jahren stieg diese Zahl bis gegen 3600! — Wenn zu Manchester (ohne Salford) nach dem Berichte des Factorei-Untersuchungscomité binnen neun Monaten 225 Todesfälle durch Verbrennen, Fallen u. s. w. vorkommen, und zu Liverpool binnen zwölf Monaten nur 146: so ist dieser Unterschied wol zum großen Theile der in Fabrikstädten besonders schlechten Aufsicht über die Kinder zuzuschreiben. Hier können die sogenannten Kleinkinder-Bewahranstalten materiell großen Nutzen bringen; aber freilich in moralischer Hinsicht vermögen diese Schöpfungen eines veredelten und praktisch gewordenen Socialismus die Familie nur sehr unvollkommen zu ersetzen. Was die Arbeitskinder in den Fabriken betrifft, so kommen Beispiele vor, wo sie von 6 Uhr Morgens bis zum andern Vormittag 10 Uhr beschäftigt blieben. Um sie nur wach zu erhalten, gab man ihnen Taback, oder ließ sie von Zeit zu Zeit ihren Kopf in einen Wasserkübel stecken. Auch ohne directen Zwang überarbeiten sie sich, wenn sie stückweise bezahlt, ja nach Verhältniß ihrer Leistungen beköstigt werden. Der Eindruck, welchen diese Kinderarbeiten auf die Gesundheit machen, erhellt aus den Resultaten einer Vergleichung, die man zu Manchester zwischen 350 Fabrikkindern und 350 andern anstellte. Es hatten nämlich

	von jenen:	von diesen:
gute Gesundheit . .	143	241
mittelmäßige	154	88
schlechte	73	21

Das ist offenbar keine hoch entwickelte, sondern eine gründlich verkehrte Arbeitstheilung. Das wahre Princip der Arbeitstheilung würde verlangen, daß die Frauen sich mit ihrem Hauswesen und der Erziehung ihrer Kinder, die Kinder mit Spielen und Lernen beschäftigten. Wie es mit dem Unterrichte solcher armen Fabrikkinder aussieht, ist leicht zu denken. Schweizerische Fabrikanten haben sich wol gegen deutsche gerühmt, daß sie zu niedrigerm Preise arbeiten könnten, weil die Schweiz keinen Schulzwang habe. Vor der englischen Children-employment-committee wurde schauerliche Beispiele von Unwissenheit erörtert, wo die Kinder von Jesus Christus und seinen Aposteln gar nichts, desto mehr aber von Dick Turpin und Jack Shepard gehört hatten. Sehr begreiflich war die Klage (im Elsaß), daß die, am Tag abgehetzten Kleinen in der Abendschule einschliefen, oder auch, daß sie (in Schottland) nach einer mühseligen Woche den ganzen Sonntag im Bette zubrächten.

Wir sehen jedoch eine zeitlang von solchen traurigen Einzelbildern weg. Die allgemeine Frage nach der Sittlichkeit oder Unsittlichkeit der Fabrikarbeiter, verglichen mit andern Ständen, ist zwar oft genug behandelt worden, aber noch keineswegs erschöpfend beantwortet. Es fehlt eben noch an einer Criminalstatistik, welche für hinlänglich große Länder- und Zeiträume die verschiedenen Berufsclassen gehörig voneinanderscheide. So haben z. B. deutsche Schriftsteller gemeint, in England stehe die vornehmste Fabrikgegend, Lancashire, sittlich besonders tief, weil hier im Jahre 1841 11 Morde vorkamen, in der ungefähr ebenso stark bevölkerten Grafschaft Middlesex nur 6; bolose Verwundungen 43 und 18; Todtschläge 40 und 20; Bigamien 13 und 8; Diebstähle mit Einbruch 108 und 44; Räubereien 16 und 3. (Kohl.) Allein das Jahr 1841 eignet sich zu einer solchen Vergleichung sehr übel, weil es die Zeit einer großen Handelskrise war, die natürlich in den Fabrikgegenden am stärksten wüthete. Auf dieselbe Art mildern sich die furchtbaren Ziffern, welche Engels in seiner Schrift über die arbeitenden Classen von England mitgetheilt hat. Danach wären nämlich in England und Wales criminelle Verhaftungen erfolgt, 1830: 18107; 1835: 20731; 1840: 27187; 1841: 27760; 1842: 31309. Man braucht hier nur die folgenden Jahre gleichfalls hinzuzufügen, so kommt man einen andern Eindruck: 1843: 29591; 1844: 26542; 1845: 24303

1848: 30349; 1849: 27816; 1850: 26813; 1851: 27960. Auch ist bei allen derartigen Tabellen offenbar die Ziffer der Gesammtbevölkerung mit zu berücksichtigen. Thut man dies aber, so findet man, daß die Bevölkerung von 1832—46 um 24, die Verhaftungszahl nur um 20½ % gestiegen ist. Was die einzelnen Provinzen betrifft, so fiel im Durchschnitt der Jahre 1837—43 eine Criminalanklage in Lancashire auf 487 Bewohner, in ganz England auf 595, aber in dem vorzugsweise ackerbauenden Irland schon auf 400. Und man darf nicht vergessen, daß gerade in den englischen Fabrikstädten unverhältnißmäßig viele Irländer wohnen, der niedrigsten Classe angehörig, also wahrscheinlich in den Reihen der Verhafteten besonders zahlreich vertreten. Diese müßten also ihrer Herkunft nach einem Ackerbaulande zugeschrieben werden. In England und Wales kam 1841 ein criminal committment auf 573 Einwohner, 1851 auf 641. Während die Bevölkerung um 12,6 % wuchs, nahm die Verbrecherzahl gar nicht zu. Und zwar besserten sich in dieser Periode die Fabrikgegenden am auffallendsten. Die Veränderung betrug nämlich bei

	der Volkszahl:	der Verbrecherzahl:
in York und Lancashire	+ 18,2 %	— 4,3 %
in Chester, Derby, Leicester und Nottingham	+ 7	— 2
in Stafford, Warwick und Worcester	+ 20,4	— 5
in Essex, Norfolk, Suffolk und Lincoln (Landbaudistricte)	+ 6,8	+ 18,4. *)

Im Ganzen läßt sich schon vermuthen, daß der criminalstatistische Gegensatz von Ackerbau- und Fabrikleben der Hauptsache nach mit dem von Land und Stadt, zerstreuter und gedrängter Bevölkerung zusammenfallen werde. Da kommen denn regelmäßig auf dem platten Lande zwar relativ weniger Verbrechen vor als in den Städten, zumal großen Städten; aber die ländlichen Verbrechen sind häufiger schwer. Auf dem Lande herrschen die Verbrechen wider das Eigenthum viel weniger vor als in der Stadt. **) In Frankreich gehörten von 1830—44 den Gemeinden unter 1500 Einwohnern nur 599 Promille der Criminalverklagten an, den größern Gemeinden hingegen 401 Promille; obschon sich 1836 die gesammte Bevölkerung dieser beiden Kategorien von Gemeinden wie 786 zu 214 verhielt. Bei den einzelnen Classen der Verbrechen war das Verhältniß übrigens ein sehr verschiedenes. Es kamen durchschnittlich von je 1000 Angeklagten

beim Verbrechen:	auf die kleinen Gemeinden:	auf die großen Gemeinden:
rébellions	872	128
parricides	853	167
empoisonnements	831	169
infanticides	822	178
assassinats	760	240
meurtres	747	253
Verbrechen gegen Personen überhaupt	732	268
coups et blessures	731	269
viols et attentats sur un adulte	705	297
viols et attentats sur un enfant	674	326
Eigenthumsverbrechen überhaupt	552	448
vols	531	469

Es ist im Ganzen der gewöhnliche Unterschied der höhern und niedern Culturstufen, wo auf den letztern die Gesammtzahl der vom Staate verfolgten und gestraften Verbrechen zuzunehmen pflegt, hingegen die gewaltthätigen und wider Personen

---

*) Viele Nachweise, daß die englischen Fabrikdistricte an Sittlichkeit und Religiosität hinter den Ackerbaudistricten nicht zurückstehen, s. bei Taylor, „A tour through the manufacturing districts" (1842), S. 19, 302; Vaughan, „The age of the great cities", S. 244; „Edinburgh review", Februar 1843, S. 190 fg.; „Athenaeum", 4. Sept. 1852.

**) Freilich ist hierbei nicht zu übersehen, daß von den Wald- und Felddiebstählen vielleicht die Mehrzahl unbeachtet bleibt.

verübten immer mehr hinter den feinern und Eigenthumsverbrechen zurücktreten. Was den unmittelbaren Einfluß der Industrie betrifft, so ist der Grund klar genug, weshalb die fremden Arbeiter fast überall mehr zu Verbrechen hinneigen als die am Orte selbst einheimischen; weshalb die Lumpensammler ein so unverhältnißmäßig starkes Contingent in die Strafanstalten liefern, und dgl. Wenn eine bedeutende Arbeit, wo der Arbeiter die Frucht seines Fleißes in hübscher und sauberer Gestalt unmittelbar wachsen sieht, wo er in seinem Werke selbst die wohlthätigen Folgen der Gemeinschaft und Planmäßigkeit nicht übersehen kann, moralisch günstig wirkt: so ist auf der andern Seite eine völlig gedankenlose Arbeit, wo der Mensch zur Maschine wird, eine sittliche Abstumpfung, und verleitet besonders zu groben Genüssen, Trunkfälligkeit u. s. w. in den Mußestunden. Eine große Gefährde für die Sittlichkeit muß in dem Zusammenarbeiten der Geschlechter liegen, wie es die neuere Maschinenindustrie so häufig befördert hat; am allermeisten, wenn es bis in die Nacht hinein fortgesetzt wird. Ein englischer Fabrikherr bezeugte vor dem Parlamentscomité, daß sich nach Einführung des Nachtarbeitens in seiner Fabrik die Zahl der unehelichen Geburten alsbald verdoppelte. Und doch wird die bloße Selbstsucht nur allzu leicht berechnen, wie sich das Capital eines Gewerbes um so energischer ausnutzen läßt, je weniger die Arbeiten von der Nacht unterbrochen werden. Wie furchtbar demoralisirend das schlechte Beispiel der Erwachsenen auf die mitarbeitenden Kinder wirken müsse, bedarf keiner Ausführung. In den englischen Spitzenfabriken werden die Winders, meist halberwachsene Mädchen, und die Threaders, meist Knaben, zu gleicher Zeit verlangt, oft mitten in der Nacht, und ohne daß die Altern wissen, zu welcher Zeit sie fertig sind! In den französischen Fabrikgegenden wird schwere Klage darüber geführt, daß die jungen Arbeiter so häufig schon vor dem zwölften Jahr Spieler und Trinker sind, wol gar Concubinatsverhältnisse und dgl. haben. In der Regel, meint man hier, sei die Sittenverderbniß um so größer, je früher die Kinder in das Fabrikleben eingeführt werden.*) In je größerer Masse die Arbeiter zusammengehäuft sind, um so gefährlicher natürlich die moralische Ansteckung. Aber, Gottlob, um so wirksamer können auch die Vorkehrungen dagegen getroffen werden! Ist der Fabrikherr ein gewissenloser Mensch, der sich um seine Arbeiter nur in ökonomischer Hinsicht kümmert, der übrigens mit Kain denkt: „Soll ich meines Bruders Hüter sein?" der wol gar seinen Einfluß auf die Arbeiterfamilien zur Befriedigung schändlicher Lüste mißbraucht: so ist das Verderben, das ein solcher stiftet, unabsehbar. Von ihm gilt recht eigentlich das schwere Wort des Heilands: „Wehe Dem, welcher die Kleinen ärgert!" Dagegen vermag ein wahrhaft christlicher Fabrikherr auf diesem Gebiete unendlich viel Segen zu stiften. Nimmt er nur Arbeiter mit guten Zeugnissen an; hält er streng auf die sittliche Ordnung in seinen Werkstätten, sodaß z. B. Zotenreißer, Trunkenbolde u. s. w. unnachsichtlich entfernt werden; überwacht er in Städten mit gebührender Sorgfalt die Schlafstellen der Arbeiterinnen, die so leicht zur Prostitution gemißbraucht werden können; befördert er die Einlage des Lohns in gute Sparkassen**); gibt er seinen religiösen Vermahnungen die unentbehrliche Folie des eigenen guten Beispiels; unterstützt ihn seine Familie durch warme Fürsorge für die Arbeiterfamilien, etwa bei Krankheiten u. s. w.:

---

*) Damit übrigens Niemand zu einseitige Schlüsse hieraus ziehe, bemerkt Engel („Statistisches Jahrbuch für Sachsen", I, 75), daß im Königreich Sachsen das Ackerbauproletariat entschieden mehr uneheliche Geburten zählt als das gewerbliche. Es ist ferner bekannt, daß von den größern deutschen Landschaften Altbaiern und Mecklenburg auf der Scala der unehelichen Geburten am tiefsten stehen, beides gewiß keine Fabrikländer.

**) Besonders wirksam ist es, wenn auf dem platten Lande Häuschen mit Gartenland an die Arbeiter gegeben und diesen die Aussicht eröffnet wird, durch längere Zeit fortgesetzte Ersparniß von ihrem Lohne, in deren eigenthümlichen Besitz zu gelangen. Mehre französische Gewerbtreibende haben dies mit dem besten Erfolge versucht. Es bildet hierzu einen furchtbaren Gegensatz, wenn einzelne Fabrikherren das Einlegen ihrer Leute in Sparkassen ungern sahen, weil diese dadurch unabhängiger würden (Commissionsbericht von Ch. Dupin in der Deputirtenkammer, 16. Mai 1834).

steht Alles vortrefflich: und die Fabrik wird sogar ökonomisch auf die Dauer Vortheil davon haben. Im Elsaß pflegen selbst die „aufgeklärtesten" Fabrikanten es nicht ungern zu sehen, wenn ihre Arbeiter sogenannte Pietisten werden: „sie arbeiten alsdann um so besser." Fassen wir mit vollster Unparteilichkeit alles Dasjenige zusammen, was über die Sittenstatistik der Industrie beobachtet worden ist, so ergeben sich äußerst wenig durchstehende Regeln. Die Bildung allein thut es nicht; denn fast in allen Städten wird eine verhältnißmäßig sehr große Zahl der Verbrechen von den gebildeten Classen begangen. Der hohe Arbeitslohn thut es allein auch nicht: in Rouen z. B. waren lange Zeit die bestbezahlten Arbeiter gerade die unsittlichsten *); in Paris, wo der Arbeitslohn im Ganzen recht hoch, soll nach Parent-Duchatelet ein volles Drittel der Arbeiter entweder dem Trunk oder der Unzucht fröhnen. Oft haben die verschiedenen Gewerbe derselben Stadt, oder dasselbe Gewerbe in verschiedenen Städten, zuweilen sogar in verschiedenen Straßen auffallend verschiedene Sittlichkeitsgrade. Die sicherste, ja fast die einzige sichere Regel ist die, daß sich die Sittlichkeit der Fabrikarbeiter in einem bei andern Gewerben fast unerhörten Grade nach der Sittlichkeit ihres Herrn richtet. Welch eine Verantwortlichkeit für diesen!

Die gesundheitswidrigen Einflüsse des Fabriklebens können auf drei Hauptpunkte zurückgeführt werden. Zuerst nämlich die große Concentrirung von Menschen und Feuerherden, welche in jeder Gewerbsmetropole stattfindet; und zu solchen Metropolen hat ja der neuere Gewerbfleiß eine so entschiedene Hinneigung. Die Luft wird dadurch ärmer an Sauerstoff; der ausgeathmete Kohlenstoff wird, bei der mangelnden Ventilation, nicht gehörig zerstreut. Das muß dann wol, zumal wo es an guter Nahrung fehlt, eine Menge von Hektischen bewirken. In den Spitälern von Manchester spielen die chronischen Krankheiten eine ganz unverhältnißmäßig große Rolle, verglichen mit den hitzigen, die oft der kräftigste Körper am heftigsten hat. Hierzu kommt ferner der nachtheilige Einfluß jeder allzu einseitigen Körperthätigkeit, zumal wenn sie (nach dem Ausdrucke Bacon's) „mehr die Finger als die Arme anstrengt", und mehr in Stuben als in der freien Natur getrieben wird. In dieser Hinsicht ist namentlich die Kinderarbeit nicht genug zu beklagen. Wie mag es mit Leib und Seele eines Menschen aussehen, der von seinem siebenten Jahre nichts weiter gethan hat als Nadeln an den Schleifstein halten! Endlich verursachen die Maschinen eine große Anzahl von Verwundungen. In den Hospitälern von Manchester wurden bereits vor zehn Jahren durchschnittlich 4000 pro Jahr behandelt; d. h. also, es wurde jährlich beinahe ein Achtzigstel der Einwohner stark blessirt, oder es kamen auf je fünf Einwohner während ihrer Lebenszeit zwei ernstliche Verwundungen. **) Auch in Gent und ähnlichen Städten wird der Reisende durch die große Menge von Krüppeln betroffen, die er auf der Straße sieht.

Daß bei gleicher Nahrung und Sittlichkeit der Ackerbau gesünder ist als die meisten Geschäfte, die in großen Fabriken getrieben werden, läßt sich nicht bezweifeln. Man vergleiche z. B. die Ackerbaugrafschaft Rutland und die Stadt Carlisle vor und nach Einführung der Fabriken. Hier starben durchschnittlich von 10000 Menschen

	unter 5 Jahren:	über 70 Jahre:
in Rutland	2865	2481
in Carlisle früher	4408	1534
in Carlisle später	4738	1260.

In der Grafschaft York ist die wahrscheinliche Lebensdauer (d. h. die Zeit, binnen welcher von je 100 Geborenen 50 gestorben sind) für den ackerbauenden Northriding 38 Jahre, für die Fabrikdistricte nur 18. (Rickmann.) Vor etwa zehn Jah-

---

*) Vgl. Gérando, „Des progrès de l'industrie considérés dans leurs rapports avec la moralité de la classe ouvrière (1841). Eine Preisschrift des mühlhäuser Gewerbevereins.

**) Merkwürdige Statistik der durch Maschinen bewirkten Unglücksfälle in Lille von Villermé, „Journal des économistes", October 1850.

ten hatten die Vorstädte von Manchester 187863, die Landbaugemeinden von Surrey 163836 Einwohner; und es starben während sieben Jahren dort 39922, hier nur 25777. Die Zahl der Kinder, welche vor dem fünften Jahre starben, betrug in demselben Periode dort 20726, hier 7364. Um diese Ziffern recht zu würdigen, darf man allerlei Correctionen nicht unterlassen. Da z. B. eine viel größere Menschenzahl vom Lande in die Stadt wandert, als umgekehrt, so muß dieser Umstand natürlich gerade bei aufblühenden Städten die Todtenlisten, im Vergleich mit den Listen der Geborenen, anschwellen. Allein es bleibt doch, nach allen Abzügen, immer noch ein sehr zu beherzigender Kern der Thatsache übrig. *) In Frankreich muß man, um bei der Conscription je 1000 brauchbare Soldaten zu erhalten, in den zehn fabrikreichsten Departements 993 andere Militärpflichtige ausschließen oder zurücksetzen; in zehn fabrikarmen nur 403. Die beiden rheinischen Departements sind an geographischer und ethnographischer Eigenthümlichkeit beinahe vollständig gleich; nur daß Oberrhein bedeutende Fabriken hat, Niederrhein nicht. Oberrhein wird von Departements begrenzt, welche an verhältnißmäßiger Militärfähigkeit unter allen französischen die erste Stelle einnehmen; gleichwol sind von 1000 Conscriptionspflichtigen im Oberrhein nur 635 Dienstfähige, im Niederrhein 684. Noch auffallender ist der Unterschied zwischen dem gewerbreichen Department der untern Seine und den ackerbauenden von Calvados und La Manche. Sie gehören alle drei zu derselben normandischen Race; und doch sind hier 719 und 669 Promille der Conscriptionspflichtigen dienstfähig, dort hingegen nur 509 Promille. **) Im tiefsten Frieden berechnete man die Steuer, welche die kräftigern Departements von den schwächlichern für Militärstellvertreter empfangen, auf 12—15 Millionen Francs jährlich. So berichtet Sonderland über die fabricirenden Bevölkerung Barmens, daß sie seit mehren Generationen schwächlicher und selbst von kleiner Statur geworden sei. ***)

Auch hier freilich darf man keine zusammengesetzte Thatsache blos auf einen Factor zurückführen wollen. So haben z. B. nach Angeville's „Statistique ethnographique" in Frankreich die Conscribirten des ackerbauenden Südens und Westens durchschnittlich eine kleinere Statur als die vom Norden und Nordosten. Am höchsten steht in diesem Punkte das fabrikreiche französische Flandern. Dies mag theils durch die Racenverschiedenheit, theils durch den größern Wohlstand und die bessere Nahrung des Volkes erklärt werden. In England versichern Kenner, daß die Bewohner der starkfabricirenden Grafschaften von York und Lancaster durchschnittlich die größten sind. †) In den Baumwollfabriken von Glasgow und Lancaster ist die durchschnittliche Zahl der Krankheitstage geringer, als auf den Werften der Ostindischen Compagnie. ††) Auch ist gar nicht zu leugnen, daß eben durch Maschinen viele drückende, gesundheitswidrige und geistlose Arbeiten den Menschen abgenommen werden. Die Kupferstechmaschine von Conté zieht die Luftstriche für eine Landschaft von zwei Fuß Breite und drei Fuß Länge in drei bis vier Tagen. Ein Mensch würde Monate dazu gebrauchen, die ein geschickter Kupferstecher ohne Frage besser anwenden kann. Ist nicht die Wartung einer Mühle, wo der Müller das Korn aufschütten,

---

*) Vgl. unter Anderm: Wade, „History of the middle and working classes" (3. Ausg. 1835); Carlyle, „Past and present" (1843); Desselben „On chartism" (1839); Rasleigh, „Stubborn facts from the factories, by a Manchester operative" (1844). Alle diese Darstellungen gehören zu den grellsten, sind deshalb mit Kritik zu benutzen.

**) Vgl. Ch. Dupin's Untersuchung der officiellen Conscriptionsberichte: „Comptes rendus de 1840", S. 610; de Bondy, „Discours sur le récrutement de l'armée", 1840 (nach den Listen der Jahre 1835—40); Chevalier, „Cours d'économie politique", Th. II, Abschn. 18.

***) „Geschichte von Barmen", S. 90.

†) „Edinburgh review", April 1839, S. 69.

††) Simond, „Observations recueillies en Angleterre en 1835", II, 325 fg. Derselbe tüchtige Beobachter theilt Untersuchungen mit, wonach bei 1933 Fabrikkindern Größe und Gewicht kaum geringer befunden wurde als bei andern von gleichem Alter.

bas Mehl wegräumen, ben Wind ober Fluß beobachten, die Maschine stellen muß u. s. w., ungemein viel menschenwürdiger und geistiger als die jämmerliche Arbeit einer Handmühle? Nichts empört den im spanischen Amerika Reisenden mehr als ber Anblick von Indianern, welche dort in den Bergwerken schwere Erzlasten mehre Tausend Fuß tief in Kiepen herabtragen müssen. (Humboldt.) Man braucht aber gar nicht einmal so weit zu gehen. Während man im französischen Pyrenäen-gebirge Frauen und Mädchen auf ihren Schultern die Ernte, den Dünger, sogar die Erde schleppen sieht, welche der Regen herabgespült hat, begegnet man in den Maschinenländern Großbritannien und Nordamerika fast niemals einem weiblichen Wesen, das schwere Lasten trüge oder auch nur das Feld baute. Ja, wir dürfen wol mit Zuversicht behaupten, wenn die Maschinen bisjetzt in den meisten Fällen die persönliche Mühsal des Menschengeschlechts wenig oder gar nicht vermindert ha-ben, so liegt der Grund keineswegs in einer technologischen Naturnothwendigkeit, sondern lediglich in einer socialen Ungeschicklichkeit der Menschen. Nur sollte man hier den Leichtsinn der niedern Classe noch bei weitem mehr anklagen als die Hart-herzigkeit der höhern.

VI. Heilmittel gegen die Übel des Maschinenwesens.

Was nun die Mittel betrifft zur Abhülfe der mit dem Maschinenwesen ver-knüpften Übel, so fehlt es unter den Handarbeitern wol niemals an Stimmen, welche die Maschinen selbst unterdrückt wissen wollen. Ich erinnere nur an das alte Ge-schrei, welches die mönchischen Abschreiber gegen die Erfinder des Buchdrucks er-hoben. Solange in der Volkswirthschaft überhaupt die Arbeit noch ungleich be-deutender war als das Capital; solange insbesondere die vornehmsten Gewerbestädte von den Zünften regiert wurden: pflegte sogar die Obrigkeit unter Umständen gegen neue Maschinen einzuschreiten. So kamen z. B. gegen das Ende des 16. Jahr-hunderts die Bandmühlen auf, welche das Posamentiergewerbe in seiner bisherigen Form bedrohten. Da untersagte der Rath von Danzig die Benutzung derselben, und ließ den Erfinder insgeheim ersäufen. Während des ganzen 17. Jahrhunderts finden wir Verbote der Bandmühlen: in England, Holland und Flandern, Deutsch-land, der Schweiz. *) Der hamburger Senat ließ sie von Henkershand verbrennen. Kursachsen erlaubte sie erst um 1765; doch sollten bis zu einem gewissen Termine blos die Posamentiermeister davon Gebrauch machen dürfen. Im Jahre 1589 er-fand William Lee die Strumpfwirkemaschine, wie man sagt, um seiner Geliebten, einer fleißigen Strickerin, mehr freie Muße zu verschaffen. Die Verfolgungen der Stricker trieben ihn nach Frankreich, wo ihn Heinrich IV. allerdings begünstigte. Nach dessen Tode brachten ihn aber die Stricker wieder ins äußerste Elend. In England waren die Maschinen lange Zeit genöthigt, im Keller zu arbeiten; ihre Strümpfe durften nur verdeckt über die Straße getragen werden. So ward selbst im aufgeklärten Holland die 1633 erfundene Windsägemühle, mit deren Hülfe ein Mann und ein Bursche 20 Handsäger zu ersetzen vermochten, alsbald verboten. **) Am genauesten entspricht es vielen heutigen Declamationen gegen das Maschinenwesen, daß in Deutschland (1650, 1652, 1654) wie in Frankreich (1598 und öfter) der Indigo verboten wurde: theils weil er die Waidpflanzer in Thüringen und Langue-doc ruinire, theils weil er die Käufer mit unsolider Farbe betrüge. Selbst ein Mann wie Colbert war neuen Maschinen feind: „er wolle den Arbeitern mehr Beschäfti-

*) Zu Basel konnten die Posamentirer mit den Bandmühlen des Auslandes natürlich nicht wetteifern und sanken bald zu bloßen Krämern, Vertreibern der Waare herab. Sie wurden deshalb 1659 in die Krämergilde einverleibt. Das Gewerbe hob sich erst wieder, als der fabrik- und maschinenmäßige Betrieb erlaubt worden war. Seitdem ist gerade Bandweberei das einzige basler Volksgewerbe geworden, während alle übrigen dortigen Industriezweige vom Zunftwesen gefesselt waren. Vgl. Burckhardt, „Der Canton Basel", I, 75.

**) Das Nähere bei Lancelotti, „L'hoggidi overo gl'ingegni non inferiori ai passati", II, 457; Beckmann, „Beiträge zur Geschichte der Erfindungen", I, 126; II, 275.

gung geben, nicht aber den frühern Verdienst rauben." *) — Späterhin freilich, als in der Volkswirthschaft das Capital immer bedeutender und unentbehrlicher wurde, hörten die Staatsgewalten auf, dem Neide der Handarbeiter ihren Arm zu leihen. Die englische Regierung hat im 18. Jahrhundert nicht selten, wenn sogenannte Ludditen eine neue Maschinenanlage zerstört hatten, den Ersatz dafür aus der Staatskasse geleistet. Zu den frühesten Aeußerungen einer solchen veränderten Ansicht der Obrigkeit gehört der Schutz, welcher am Harze 1621 dem ersten Verfertiger hölzerner Blasbälge gegen die Verfolgung von Seiten der Lederbalgmacher gewährt wurde: freilich trieb die schützende Staatsbehörde selbst Bergbau! In Privatverfolgungen, wol gar Aufständen hat sich der Neid der Handarbeiter noch lange geltend gemacht. So wurde z. B. Hargreaves, der Erfinder der Spinning-Jenny, durch die Eifersucht der Handspinner aus Lancashire vertrieben, und starb in bitterer Armuth: er, der eigentliche Gründer des jetzt so gewaltigen englischen Baumwollreichthums! Der nicht unbedeutende Aufruhr, der sich im Jahre 1779 gegen die neuen, wirksamen Spinnmaschinen richtete, ging nicht blos von Arbeitern aus, sondern wurde auch von manchem Fabrikanten aus Eifersucht gegen Peel, Arkwright u. s. w. unterstützt. Die Fabrikanten vereinigten sich, den Verkauf der Maschinenproducte zu hindern; sie mußten sogar eine ziemlich lange Zeit hindurch die Abschaffung eines, irrthümlicherweise darauf liegenden Doppelzolles zu hintertreiben und dgl. Noch im 19. Jahrhundert lief Jacquard wegen seiner Maschinenerfindung drei mal Gefahr ermordet zu werden; das Conseil des prudhommes zu Lyon ließ seinen Stuhl zerbrechen und als altes Material verkaufen. Ja, noch am 24. Juli 1854 versprach während der spanischen Staatsumwälzung die neueingesetzte Junta von Barcelona, es sollten die Maschinen, welche zu viele Hände überflüssig machten, abgeschafft werden.

Eine solche Opposition gegen das Maschinenwesen ist unter allen Umständen höchst kurzsichtig. Man bedenke nur, wohin die Consequenz führen müßte! Wer die Spinnmaschinen bekämpft, weil sie Handarbeit sparen, der müßte eigentlich auch alle wohlgelegenen Wasser- und Landstraßen bekämpfen, weil dieselbe Transportmasse, durch Lastträger oder Schubkarren besorgt, eine unvergleichlich viel größere Menschenzahl beschäftigt; der müßte auch den Pflug bekämpfen, weil er die Hacke ersetzt, ja die Hacke bekämpfen, weil mit den bloßen Fingernägeln noch mehr Arbeiter zu derselben Leistung erforderlich sein würden. In der That zerstörten die englischen Ludditen von 1830 alle Pflüge, Worfschaufeln u. s. w., die sie fanden; inconsequenterweise ließen sie die Pferde leben. Solche Menschen würden uns am liebsten in den Zustand zurückversetzen, worin sich Perdix befand, der Neffe des Dädalus, der eine Fischgräte, oder die Urbewohner von Madeira, die einen Sägefischzahn als Säge benutzten! Am klarsten muß die Verderblichkeit der Maschinenzerstörung für solche Länder einleuchten, deren Producte auf auswärtigen Absatz rechnen. Wenn ein Zauberschlag alle britischen Maschinen zernichtete, würden sich die britischen Arbeiter darum wol besser stehen? Gewiß nicht! Der sicherste Erfolg würde sein, daß England fast alle auswärtigen Märkte verlöre, daß neun Zehntel der englischen Fabrikherren ihr Geschäft einstellen müßten, und die große Mehrzahl ihrer Arbeiter außer Brot käme. So müßten z. B. die Gruben von Cornwallis geradezu verlassen werden, wenn man das Wasser durch Menschenhände, statt durch Maschinen, auspumpen wollte. Dazu wären nämlich etwa 300000 Arbeiter nöthig, und schon der bloße Raum würde das Zusammenarbeiten einer solchen Menschenmasse verbieten. Es gibt es wol kaum eine kurzsichtigere Opposition als diejenige, die man noch gegenwärtig in so manchen Theilen von Deutschland der Flachsmaschinenspinnerei entgegensetzt. Für unser ganzes Leinengewerbe ist der auswärtige Absatz von der größten Bedeutung. Unsern Handspinnern kann dieser doch nicht mehr gesichert werden, man mag es anfangen, wie man wolle; es fragt sich nur, ob unsere Flachsbauern und

---

leinweber mit ins Verderben gezogen werden sollen, da sie doch recht wohl, und gerade mit Hülfe des Maschinengarns am besten, zu halten sind.

Darum bemerkt Graf Duchatel sehr richtig: „Die Arbeiter, welche augenblicklichen Übelständen dadurch entgehen wollen, daß sie Maschinen zerstören, sind Schiffern zu vergleichen, die bei Windstille oder Gegenwind ihr Schiff verbrennen und weiter schwimmen wollen. Sie glauben eine Rivalin zu vernichten, und vernichten ihre nothwendigste Hülfe." Ils détruisent des capitaux, c'est à dire des appels au travail. (Rossi.) Die Maximalgrenze, welche der Arbeitslohn auf die Dauer niemals überschreiten kann, wird von der Wirksamkeit der Arbeit selbst gezogen. Diese Wirksamkeit nun muß offenbar um so größer sein, je besser die Maschinerie ist, womit die Arbeiter zu schaffen haben. Ob sich im einzelnen Falle der Lohn mehr dieser Maximalgrenze nähern soll, oder mehr der oben erwähnten Minimalgrenze, hängt von den Umständen ab, insbesondere von der langsamern oder schnellern Fortpflanzung des Arbeiterstandes, verglichen mit dem schnellern oder langsamern Wachsthum der Capitalien. In der Wirklichkeit ist es z. B. den englischen Fabrikherren hauptsächlich nur durch die Überlegenheit ihrer Maschinen möglich, bessern Lohn zu zahlen als auf dem Festlande, und doch dasselbe Quantum von Arbeit wohlfeiler zu berechnen. Auf 1000 Baumwollmaschinenspindeln rechnet man in England je 9⅔ Arbeiter, in der Schweiz 11⅔, in Frankreich 14, in Belgien 19, im Zollverein 22, in Östreich 22⅔. Auf 1000 Wollmaschinenspindeln in England 39, im Zollverein 52 Arbeiter. Auch in derselben Fabrik wird der Arbeiter durch die jeweilig bessere Maschine in den Stand gesetzt, während einer gegebenen Zeit mehr zu verdienen. Überall ist es bekannt, daß nur an neuen Stoffen viel Unternehmerprofit und Arbeitslohn verdient werden kann. Nun benutzt aber eine große Fabrik die wechselnde Conjunctur der Mode weit rascher und leichter: ein nicht geringer Grund, weshalb sich die Arbeiter hier regelmäßig besser stehen, als in kleinen Fabriken derselben Art. Zu Leeds verdient ein Tuchweber in solchen Fabriken, die mit Hülfe des Dampfes arbeiten, 11 Schillinge wöchentlich, ein im eigenen Hause beschäftigter Weber nur 7 Schillinge. (L. Faucher.) Man würde sich auch im höchsten Grade irren, wenn man glaubte, die früher betrachteten Schattenseiten der neuern Industrie seien ohne Maschinen nicht möglich. Es werden z. B. schon im Alterthum von den ägyptischen Bergwerken so arge sociale Gräuel berichtet, was die Härte der Arbeit, das Mitarbeiten der Frauen, die herrschende Unkeuschheit u. s. w. betrifft, daß ein alter Schriftsteller das Leben der Arbeiter daselbst schlimmer als den Tod nannte. *) In England finden wir bereits unter Karl II., also lange vor den großen Maschinenerfindungen, den heftigsten Widerwillen der Tucharbeiter von Norwich gegen ihre Arbeitsherren, der sich namentlich in Volksliedern ausspricht. Auch die Pest der vorzeitigen Kinderarbeit scheint damals gewüthet zu haben: wenigstens verdienten allein zu Norwich die sechs- bis zehnjährigen Kinder mit Strumpfstricken jährlich 12000 Pfund Sterling über die Kosten ihres eigenen Unterhalts. **) So verrichten noch jetzt in den Baumwollfabriken die mit der Hand arbeitenden Klopfer vor dem Feinspinnen weitaus die mühsamsten Geschäfte und für den geringsten Lohn. In den Wollfabriken erfolgen die zahlreichsten Mishandlungen der Kinder durch die Vorspinner gegenüber den Anstückern, eben weil jene nicht in einem, von der Maschine regulirten Geleise arbeiten. Sie bleiben vielleicht stundenlang in der Schenke sitzen, wo nun die kindlichen Gehülfen mittlerweile feiern müssen; hernach kehren sie zur Arbeit zurück, suchen durch unmäßiges Jagen die verlorene Zeit wieder einzubringen, und wenn die Kinder alsdann nicht gleichen Schritt halten können, so regnet es Prügel! In der Umgegend von Birmingham, namentlich in der Eisenstadt Wolverhampton, der Schlosserstadt Willenhall, der Nägel- und Kettenstadt Sedgeley, herrscht das Hausgewerbe unter Leitung von Com-

---

*) Agatharchides in Phot. Bibl. Cod. 250.
**) Chamberlain, „The present state of England", S. 137; Macaulay, „History of England", Cap. 3.

missionären durchaus vor. Es ist aber notorisch, daß hier die Verwahrlosung der Kinder, die Mißhandlung der Lehrlinge, der Schmuz im Hause und auf der Straße wenigstens ebenso groß sind wie in Manchester. Dabei gar keine Regelmäßigkeit der Arbeit, indem die „freien" Meister gewöhnlich drei bis vier Tage wöchentlich faulenzen und in der übrigen Zeit ganz unmäßig arbeiten, zum harten Druck und sittlichen Schaden ihrer Lehrburschen. So hat man immer zu den schwärzesten Punkten der englischen Industriegröße den Markt zu Spitalfields und Bethnalgreen gerechnet, wo die Altern ihre Kinder tage= oder wochenweise zur häuslichen Arbeit vermietheten. Auf die nothwendige Ausbildung der Kinder, auf die sittliche Haltung des Miethers u. s. w. wird hier in den seltensten Fällen Rücksicht genommen; und die Kinder hintennach zu beaufsichtigen und zu schützen, ist den Altern kaum möglich, da sie fast alle von Meistern der Hausindustrie gemiethet werden. Fast überall findet man, so in Sheffield, in den Töpferdistricten u. s. w., daß die größten Fabrikanten ihre Leute am freundlichsten, gesündesten u. s. w. behandeln. Wirklich kann auch der Reiche eher großmüthig sein als der Mann von beschränktem Vermögen; und je hervorragender man ist, umsomehr sieht man sich dem Lobe und Tadel der öffentlichen Meinung ausgesetzt.

Die allerschlimmsten socialen Übel fanden sich unstreitig in den Kohlengruben, worauf die parlamentarische Untersuchung von 1841 ein grelles Licht geworfen hat. Bei manchen Gruben sah der Eingang einem Fuchs= oder Kaninchenloche ähnlich, indem er nur 20 Zoll Höhe hatte. Die losgemachten Kohlen wurden von Kindern, zum Theil unter sieben Jahren wegen der Niedrigkeit der Gänge, weitergefördert, bald in Körben auf dem Rücken, bald mittels Karren, woran die Kinder mit Gurt und Kette, auf allen Vieren kriechend, vorgespannt waren. Ein Knabe sagte aus, ihm sei dabei häufig die Haut blutig geschunden worden, er habe jedoch fortgearbeitet aus Furcht vor Schlägen. In den Gruben des Grafen Durham dienten fast nur weibliche Lastträger: ein zwölfjähriges Mädchen machte täglich 25—30 Gänge, jeder 100—200 Klafter tief, mit einer Last von 1¼ Centner; ein Mädchen von 16 Jahren dagegen 40—50 Gänge mit 2 Centnern. Nicht selten mußte dabei im Wasser gewadet werden, und zwar in einem Wasser mit ätzender Eigenschaft. Die kleinsten Kinder hatten weiter nichts zu thun, als alle fünf Minuten eine Thür auf= und zuzumachen; denn die Erzeugung schädlicher Gase wiederholte sich stellenweise so rasch, daß sonst eine Explosion wäre zu fürchten gewesen. Zwölf Stunden täglich arbeiteten die armen Würmer so im Finstern; wenn sie einmal einschliefen, so war vieler Menschen Leben gefährdet! Der unterirdischen Wärme halber waren die meisten Arbeiter nur mit einem Hemde bekleidet, die Männer zum Theil nackt, mitten unter ihnen kleine Mädchen. Welche Gefahr in sittlicher Hinsicht! — Nun ja, hier waren aber gewiß keine Maschinen, auch keine übergroße Arbeitstheilung die Ursache, überhaupt das Ganze viel mehr der Überrest von einer niedern Stufe der gewerblichen Entwickelung als der Auswuchs einer höhern Entwickelungsstufe. Die Kohlenarbeiter hatten sich von allen Theilen der handarbeitenden Classe zuletzt aus der Leibeigenschaft erhoben: noch gegen Schluß des vorigen Jahrhunderts waren formell=juristisch einige Spuren davon zu sehen. Sie lebten überall mehr oder minder kastenmäßig abgeschlossen, heiratheten fast nur untereinander, und verstärkten seit 1825 (wenigstens in Schottland) den fortschrittswidrigen Einfluß dieser Isolirung noch durch eine wahrhaft tyrannische „Union", welche sie unter sich selbst aufrechthielten. Kein Arbeiter durfte mehr als das vorgeschriebene Quantum Kohlen produciren; dieses Quantum war für junge und alte, kräftige und schwache, Familienväter und Ledige durchaus gleich. Wer es überschritt, auch nur aus Versehen, wurde von seinen Genossen zu einer Geldbuße verurtheilt, bis zu 10 Schillingen, die sofort in Whisky vertrunken zu werden pflegte. Nur war es gestattet, die Kinder mit zur Arbeit zu nehmen, die alsdann je nach ihrem Alter ein Viertel, die Hälfte oder drei Viertel des für den Mann bestimmten Pensums liefern durften. Alles folglich so eingerichtet, als wenn man recht geflissentlich die Menschen von der Arbeitsamkeit hätte abhalten und zum Kinderzeugen hätte aufmuntern wollen. Ein Arbeiter meinte selbst: „Wehe uns, wenn wir keine Herren über uns hätten; es gibt für uns keine schlimmern Herren als unsers Gleichen!"

Ist ein Volk noch im Übergange zur höhern Cultur begriffen, so erscheinen ihm gewöhnlich alle Elemente derselben, von unten auf gesehen, im reinsten Rosenlichte. Hat man hernach die höhere Culturstufe wirklich erstiegen, so wird man freilich gewahr, daß auf Erden kein ungetrübtes Glück möglich ist. Bald vergißt man den Druck der alten Zustände und überschätzt den der neuen. Da rathen gewöhnlich die Kurzsichtigen und Verzweifelnden, die Cultur selbst über Bord zu werfen, damit ihre Schattenseiten gründlich vertilgt werden: ein Rath, dessen Verderblichkeit nur von seiner Unausführbarkeit übertroffen wird. Das einzige wahre Heilmittel besteht eben darin, die guten Seiten der höhern Cultur zur vollständigsten Entfaltung zu bringen: dann ist bei einem der Hauptsache nach gesunden Volke allerdings Hoffnung vorhanden, daß die Schattenseiten dadurch überflügelt werden. *)

Viele Heilplane gehen thatsächlich, unter der Hülle von diesen oder jenen wohlklingenden Worten, darauf hinaus, daß der Staat vom Gewinn der Fabrikherren zwangsweise einen Abzug machen und den Lohn der Fabrikarbeiter damit erhöhen solle. Von einer Entschädigung, wie sie bei sonstigen Expropriationen üblich ist, pflegt hier nicht die Rede zu sein. Auch würden gewiß sehr bald, hätte man den ersten Schritt gethan, die großen Massen der übrigen Lohnarbeiter in Haus-, Stadt- und Landwirthschaft nach dem Grunde fragen, weshalb die Fabrikarbeiter ein solches Privilegium vor ihnen voraushaben sollten; man würde folglich die Beraubung des Capitalgewinns, um den Arbeitslohn zu erhöhen, allgemein durchführen müssen. Die letzte Consequenz dieses Verfahrens wäre der Communismus, von dessen Folgen ich hier nicht weiter sprechen will. Es ist eine für alle Kenner der Volkswirthschaft, die namentlich ihre Triebfedern kennen, ausgemachte Wahrheit, daß die volle Gütergemeinschaft dem Volkswohlstand ebenso verderblich sein müßte, wie der Volksfreiheit und Volksbildung; daß sie nicht etwa die Armen reich, sondern nur die Reichen arm und die bisher Armen nach einer, für sie lustigen, aber kurzen Übergangsperiode noch ärmer machen würde. Jede Annäherung an die Gütergemeinschaft, sobald sie erzwungen ist und in permanenten Ordnungen besteht, muß auch annäherungsweise dieselben Folgen haben. Ich möchte die Freunde solcher Vorschläge hier nur auf drei kleinere, von ihnen übersehene Steine des Anstoßes aufmerksam machen. Zuerst nämlich müßten sie die ganze Welt zu derselben Maßregel veranlassen; denn schritten blos einzelne Staaten dazu, so würde eine Auswanderung der Capitalien und der fabrikleitenden Talente bewirkt werden, d. h. also eine Verschlechterung in der Lage der Arbeiter, denen man doch helfen wollte. Man überschätzt ferner den Reichthum der Fabrikherren ganz ungeheuer, wenn man sie alle für Krösus hält, die tüchtig von ihrem Mammon abgeben könnten. Ein erfahrener Franzose, Godard, rechnet im Allgemeinen, daß von 100 versuchten oder angefangenen gewerblichen Unternehmungen 20 zugrunde gehen, bevor sie irgend Wurzel gefaßt haben; 50—60 vegetiren kürzere oder längere Zeit in Gefahr des Untergangs; und höchstens 10 kommen zu bedeutender, oft nicht einmal dauernder Blüte. Unter solchen Umständen würde also der vorgeschlagene Zwang den gewiß nicht beabsichtigten Erfolg haben, die überreichen Fabrikherren mit einem Monopol zu versehen. Endlich noch ein Bedenken. Die Lage der Lohnarbeiter kann wesentlich nur dadurch gut bleiben, daß ihre Anzahl minder schnell wächst als die zu ihrer Ablohnung bestimmten Capitalien. Die letztern wachsen hauptsächlich durch Ersparnisse. Nun ist aber fast nur die Mittelclasse wirklich sparsam. In England vermehrt sie das Volkscapital um wenigstens 50 Millionen Pfund Sterling jährlich, während die Arbeiterclasse eine gleich große Summe allein für geistige Getränke und Taback jährlich verausgabt, d. h. doch eigentlich nur für einen flüchtigen Genuß der

---

*) Ist nicht gerade der recht auffallende Schatten ein mittelbarer Beweis von der Stärke es vorhandenen Lichts?

erwachsenen Männer des Standes, woran die Familien fast gar nicht theilnehmen. Die Sparkassen vermehren sich jährlich nur um 1—2 Millionen *), und kaum die Hälfte derselben rührt von Lohnarbeitern im engern Sinne des Worts her. Was die Letztern für ihre Kranken- und Alterskassen (Friendly societies) beitragen, ist nicht eigentlich productives Capital, sondern nur eine individuell verspätete Consumtion. Hiernach würde also die erzwungene Steigerung des Lohns von einer sparenden Classe nehmen und einer nichtsparenden zulegen. Das heißt doch Wilden gleichen, die einen Obstbaum fällen, um die Früchte bequemer genießen zu können! **)

Manche andere Mittel, die von braven, auch übrigens hochverständigen Theoretikern vorgeschlagen worden sind, riechen gar zu sehr nach der Studierlampe, um in der Wirklichkeit Aussicht zu haben. So räth z. B. Sismondi, es sollten die Fabrikherren streng verpflichtet werden, für Krankheits- und Altersfälle ihrer Arbeiter zu sorgen; dagegen dürften sich die Letztern nicht ohne obrigkeitliche Erlaubniß verheirathen. ***) Ich frage Jeden, welcher nur einige Kenntniß von der gegenwärtigen Beschaffenheit der niedern Classen hat, ob eine solche Bevormundung in der wichtigsten Lebensfrage dauernd ausführbar ist, so wünschenswerth sie ohne Zweifel sein würde. Auch scheint es kaum möglich, bei diesem Systeme die freie Kündigung zwischen Herr und Arbeiter fortdauern zu lassen: es wäre folglich eine neue Art von glebae adscriptio, die man im Gewerbfleiße herstellte, nachdem sie doch selbst in dem viel stabilern Ackerbau längst unhaltbar geworden. Auf der andern Seite ist der Fabrikherr gar nicht im Stande, so für 20, 30 Jahre voraus eine wirksame Garantie zu leisten. Wenn er nun inzwischen Bankrott machte? Dieser Vorschlag setzt also wenigstens eine corporative Einigung sämmtlicher Fabriken voraus, welche das bestimmte Gewerbe im ganzen Umfange des Staats betreiben. Und auch eine solche Corporation könnte für die Zukunft nur dann garantiren, wenn sie durch Grenzzölle u. s. w. gegen den Mitbewerb des minder gebundenen Auslandes gesichert wäre. Man könnte dann hierfür geltend machen, wie es doch billig wäre, bei der Armenpflege die Fabrikherren stärker anzuziehen: sie benutzen sonst z. B. die vom Lande herbeiströmenden Arbeiter, solange diese kräftig sind, und geben sie abgenutzt, altersschwach den Landgemeinden wieder zurück. Als Hülfsmittel wären vielleicht gesetzliche Abstufungen der Arbeiter, etwa nach Lebensalter, Geschicklichkeit u. s. w. einzuführen; man verstattete nur Solchen zur Ehe zu schreiten, die eine zeitlang in die Alterskasse ihren Beitrag gezahlt hätten u. s. w. Das Ganze wäre also eine Übertragung des Zunftwesens vom Handwerke auf die Fabriken und zwar ganzer Länder. Allein übersehe doch Niemand, daß diese Einrichtungen selbst auf denjenigen Lebensgebieten, wo sie jahrhundertelang festgewurzelt waren, neuerdings lose geworden sind, und zwar von innen heraus, nicht blos durch äußern Angriff; wie schwer würde es sein, unter den Stürmen der Gegenwart auf einem ganz andern, unvorbereiteten Boden in soviel größerm Maßstabe völlig neue zu pflanzen!

Sehr oft ist der Vorschlag gethan, die Arbeiter zu Theilnehmern am Gewinn und Verlust der Fabrik zu machen. Von der Einführung eines solchen Tantièmenlohns erwartet man namentlich ein wärmeres Interesse der Arbeiter am Gedeihen der ganzen Unternehmung. In voller Strenge läßt sich dies System wol nie durchführen, weil die Arbeiter gewöhnlich zu arm sind, um ein oder gar mehre wirklich verlustvolle Jahre auszuhalten. Aber auch bei dem sogenannten Commissionssystem, wo nur ein Theil des Arbeitslohns in Form einer Gewinnquote berechnet wird, müßten die jetzigen Stück- oder Wochenlöhne zunächst vermindert werden, um hernach, etwa beim Jahresschlusse, günstigenfalls einen Zuschuß zu empfangen. Wie vielen Arbeitern würde dies im Ernste genehm sein? In Zeiten der Krise, zumal bei Theuerungen, würden sich die Arbeiter fast ohne Zweifel ihrem Herrn gegenüber

---

*) In den Jahren 1839—46 durchschnittlich um 1,408603 Pfund Sterling.
**) Vgl. Morrison, „An essay on the relations between labour and capital" (1854).
***) Sismondi, „Nouveaux principes d'économie politique", II, 308 fg.

verschulden, und die spätere allmälige Abtragung dieser Schuld wahrscheinlich sehr viel böses Blut machen. Nun die bedenklichen Zweifel über den wahren Betrag des Gewinnes; soll der Herr vielleicht von 1000 Arbeitern jedem einzelnen darunter seine Bücher vorlegen? Die ewigen Streitigkeiten in Verlustfällen, wer die Schuld davon trage; vielleicht Ansprüche der Arbeiter, die Speculationen des Fabrikherrn im voraus genehmigen oder verwerfen zu dürfen! Die äußerste Schwierigkeit, schlechten Arbeitern zu kündigen, schlechte Herren zu verlassen! Das ganze System ist, abgesehen von lauter idealen Theilnehmern, nur da recht anwendbar, wo sich die Leistung der einzelnen Arbeiter qualitativ sehr wenig von der ihres Herrn unterscheidet. Also z. B. in der nordamerikanischen Walfischerei, welche von jedem Matrosen, selbst Schiffsjungen ungewöhnliche Anstrengung, Aufopferung, mitunter sogar Muth und Geistesgegenwart erfodert; oder in der levantischen Küstenschifffahrt, deren Gelingen weit mehr von der Wachsamkeit und Thätigkeit der Mannschaft als von der Nautik des Capitäns abhängt. Diese beiden Geschäftszweige haben auch das Eigenthümliche, daß ihr Betrieb in lauter scharf abgegrenzte Unternehmungen aufgeht, wo dann für jede einzelne die genaueste Abrechnung möglich ist. In Handwerken ließe sich das Commissionssystem wol ziemlich oft *) durchführen, in unsern großen Fabriken schwerlich. Ich halte es da für eine Gewissenspflicht des Herrn, bei ungewöhnlich günstigen Conjuncturen den Lohn seiner Arbeiter zu erhöhen, wenn er berechtigt bleiben will, in ungewöhnlich schlimmen Zeiten Abzüge davon zu machen: allein das ist eben eine Gewissenspflicht, keine Aufgabe des bürgerlichen Rechts! Und es heißt beide, Recht wie Gewissen, gleich sehr gefährden, wenn man ihre Gebiete ungehörigerweise miteinander verwechselt.

Bei vielen Zeitgenossen gilt das Wort Association als eine Art Zauberformel, um alle Schwächen oder Wunden der Volkswirthschaft zu heilen. Etwas Wahres liegt allerdings hierin, nur keine neue Wahrheit, da sie schon den Urhebern der mittelalterlichen Zünfte bekannt war; es kommt eben nur an auf die zweck= und zeitgemäßen Formen der Association. Und gerade für diejenige Classe, der man am schnellsten und liebsten helfen möchte, für die ganz proletarischen Fabrikarbeiter ist die Association nur in höchst beschränkter Weise anwendbar. Zum Fabriciren gehört ebenso nothwendig Capital wie Arbeit; man müßte also erst jenen Proletariern auf dem Wege des Geschenks oder geschenkähnlichen Credits Capital verschaffen. Und wie würden sie damit haushalten? Eine große Fabrik inmitten der lebhaftesten Concurrenz bedarf der streng einheitlichen Führung mit unbedingtem Gehorsam der Untergebenen fast ebenso sehr wie ein musikalisches Orchester. Eine Leitung nach Majoritätsbeschlüssen, verbunden mit all jenen Debatten, ja Parteikämpfen, wie sie dergleichen Beschlüssen voranzugehen pflegen, würde fast jede Fabrik zugrunde richten. Man denke nur an L. Blanc's Vorschlag, die Lohnhöhe durch Abstimmung der Arbeiter unter sich zu normiren! Schon Actienfabriken sind nur selten glücklich in ihrem Betriebe; und hier läßt sich doch wegen der höhern Bildung der meisten Actionäre noch viel eher voraussetzen, daß sie einen tüchtigen Director wählen und ihm gehörig freie Hand lassen werden. Von einer Arbeitergesellschaft unternommene Fabriken dürften namentlich sehr bald unter der Erfahrung leiden, daß es für gewöhnliche Menschen viel angenehmer ist, zu debattiren als zu arbeiten. Wenn deshalb überhaupt nur 10 % der Fabrikunternehmungen zu wahrer Blüte kommen, so würden diese gewiß nur sehr ausnahmsweise zu den 10 % gehören. Oder aber die Arbeiter ließen sich alsbald durch die ersten kleinen Verluste auf den einzig richtigen Weg führen: d. h. nämlich, vom Rohertrage der Fabrik sowol die Abnutzung der

---

*) Hierauf deuten auch die sehr günstigen Erfolge des pariser Stubenmalers Leclaire hin, die von den Socialisten so viel besprochen sind (vgl. Leclaire, „Répartition des bénéfices du travail", 1842. Dieser behielt sich als Unternehmer einen Lohn von 6000 Francs vor, sodann jedem Arbeiter den bisher üblichen Zeitlohn. Was am Ende des Jahres noch als Überschuß vorhanden war, das wurde quotenweise vertheilt. Leclaire versichert, sich immer gut dabei gestanden zu haben.

Werkzeuge u. s. w., wie den Zins der Capitalien abzurechnen, einem geschickten Dirigenten zu gehorchen und ihn angemessen zu besolden. Dann würden sie freilich merken, daß sie gegen ihre bisherige Lage pecuniär eben nicht gewonnen hätten.*)

Etwas anders verhält sich die Sache, wenn eine kleine Zahl von einigermaßen gebildeten und wohlhabenden Männern zu gemeinsamer Production zusammentritt. Durch eine solche Association mag allerdings der mittlere Betrieb gegen die überlegene Concurrenz des großen beschützt werden. So könnten sich z. B. Handwerker desselben Gewerbes verbinden, um gemeinschaftlich den Rohstoff zu kaufen, Modelle, Vorlegeblätter, Maschinen zu halten, auch um die Preise an fremden Orten zu erfahren, Niederlagen daselbst zu errichten, Jahrmärkte durch einen gemeinsamen Agenten zu beschicken und dgl.**) Ich erinnere an die göppinger Tuchmacher seit 1849. In einer großen Stadt würde die Verbindung sie in Stand setzen, fern vom Mittelpunkte, wo die Miethen wohlfeil sind, zu wohnen, zugleich aber an den Hauptverkehrsplätzen einen gemeinschaftlichen Laden zu halten. Wie heilsam könnten Mobilien-, Kleider-, Schuhmagazine wirken, die von der betreffenden Zunft im Ganzen unternommen werden! Oder es könnten auch verschiedene Gewerbe, die aber auf ein gemeinsames Resultat zusammenwirken, eine Association bilden: so z. B. Sattler, Schmiede, Gürtler, Wagner, Lackirer eine Association für Kutschen; Holzhändler, Fourniermüller, Dessinzeichner, Tischler, Drechsler, Tapezierer für Mobilien; Gerber und Schuster zusammen und dgl. Ziemlich entwickelt ist dies Verfahren in Nürnberg, zumal um den Abfall eines Gewerbes (kleine Elfenbeinstückchen u. s. w.) an ein anderes, das ihn noch gebrauchen kann, abzugeben. Bei den zahlreichen Versuchen, welche man in Frankreich seit 1848 machte, haben die Staatsingenieure ganz regelmäßig beobachtet, daß solche Arbeitergesellschaften das aufgetragene Werk am besten verrichteten, die weniger als 12, höchstens 15 Genossen zählten. Indessen war auch bei diesen die rechte Disciplin sehr schwierig, Garantie für die geleistete Arbeit kaum möglich, weil sich die Gesellschaften so oft nachher gleich auflösten und zu ganz neuen Combinationen wieder zusammentraten. Im März 1850 gab es zu Paris gegen 200 Associationen, besonders in solchen Geschäften, die seit der Krisis von 1848 am sichtbarsten wieder aufblühten, wie z. B. die Ebénisterie. Unter denjenigen, welche der Staat beschäftigte, gediehen am meisten die Straßenpflasterassociationen, weil hier der Lohn früher durch eine Art Monopol der Meister unmäßig hoch gestanden hatte.***) Die mangelnde Garantie ist eine der schlimmsten Seiten aller solchen Verbindungen. — Zu Birmingham gibt es Häuser mit zahlreichen kleinen Werkstätten, die alle mit einer großen Dampfmaschine im Erdgeschoß zusammenhängen. Geht nun bei einem kleinen Gewerbtreibenden eine größere Bestellung ein, so miethet er sich wochen- oder monatweise ein solches Zimmer. Die Concurrenz der Unternehmer hält den Miethzins so niedrig wie möglich. So haben auch in der Umgegend von Leeds die kleinen Tuchmacher, die gewöhnlich ein Gärtchen nebenher bauen, seit Anfang dieses Jahrhunderts gemeinsame Anstalten zum Entfetten, Spinnen, Färben der Wolle,

---

*) Morrison ist der Meinung, alle Versuche dieser Art sollten möglichst befördert werden; sie bildeten das beste Mittel gegen Arbeitseinstellung und den besten praktischen Unterricht der Arbeiter in der Nationalökonomie („Essay on the relations between labour and capital"). Sehr viele belgische Kohlengruben waren früher im Besitze zahlreicher Gesellschaften von sogenannten Comparchonniers, die selbst Hand anlegten und nur im Nothfalle fremde Lohnarbeiter zuzogen. Also ganz dem Ideale mancher heutigen Socialisten gemäß. In ihren Versammlungen, oft 200—300 Köpfe stark, ging es bei der Vorsteherwahl und Rechnungsablage zuweilen sehr wild her. Allmälig kauften die sparsamern und glücklichern Mitglieder von den übrigen ihre Antheile ab, und es hat sich auf diese Art eben das gewöhnliche Verhältniß zwischen Fabrikherren und Fabrikarbeitern auch hier eingestellt. (Vgl. Desmaisières, „Rapport au roi sur les caisses de prévoyance en faveur des ouvriers mineurs", Brüssel 1842.)

**) Nur hätten sie darauf zu achten, daß nicht der Agent allmälig zum Verleger würde.

***) Vgl. das „Journal des économistes", März 1850.

zum Walken des Tuches u. s. w. in ihren Dörfern errichtet; die Einzelnen sind gewöhnlich Actionäre davon. Auch Dampfmaschinen werden von solchen Associationen gehalten, wo dann jedes Mitglied eine Anzahl Webstühle, mit Dampf getrieben, miethen kann. Dies ist ein Hauptgrund, wodurch sich die kleinen Wollfabrikanten neben den großen immer noch behaupten.

Außer den Associationen zum Behufe besserer Production können andere zum Zwecke sparsamerer Consumtion gestiftet werden. Diese letztern sind gerade für Fabrikarbeiter vom allergrößten Nutzen, um ihnen die Vortheile des Einkaufs ihrer Bedürfnisse im Großen, aus der ersten Hand, im gelegensten Augenblicke zu verschaffen. Wenn sie aber allein von Arbeitern gebildet werden, so scheitern sie häufig an drei Klippen: an der Habgier der zum Einkauf, überhaupt zur Verwaltung bestellten Gesellschaftsorgane, die sich namentlich, selbst von eigentlichem Unterschleif abgesehen, sehr leicht von den Kaufleuten zur Gewährung ihrer Kundschaft bestechen lassen; an dem wechselseitigen Mistrauen der Theilnehmer, die selten gut rechnen können; endlich auch daran, daß so leicht viele unnütze Dinge, Luxusgegenstände u. s. w. angeschafft, also der Spartrieb in sein Gegentheil verkehrt wird. Ähnliche Gefahr laufen die Alters- und Krankenkassen, wenn sie blos von Arbeitern verwaltet werden. Sie versprechen alsdann gern zu viel, legen zu günstige Mortalitätsberechnungen unter, fodern zu geringe Beiträge von ihren Mitgliedern, knüpfen wol gar mancherlei Vergnügungen auf gemeinsame Kosten an ihre Geschäftsversammlung an, werden auf solche Art insolvent, ohne es zu ahnen. Alle dergleichen Vereine pflegen deshalb auf die Länge nur dann zu gedeihen, wenn sich Personen der höhergebildeten Classe aus uneigennütziger Menschenfreundlichkeit an die Spitze stellen. Freilich heißt das ein Opfer bringen von dem Kostbarsten, was man hat: von der Zeit und Mühe wirklicher Geschäftsmänner; denn nur solche können hier nützen. Auch wird der gebildete Menschenfreund nicht blos auf Dank verzichten, sondern sogar viel unbegründetes, dummes Mistrauen erdulden müssen, wenn seine Absicht erreicht werden soll. Es gehört aber diese Art der Wohlthätigkeit ohne Frage zu den allerwirksamsten, und „der ins Verborgene blickt, wird sie vergelten öffentlich!"

Im Allgemeinen haben die Engländer wol richtigere Begriffe von Freiheit, als die meisten Continentalvölker, und wir loben gewiß nicht die weitverbreitete Unart der letztern, bei jedem öffentlichen Übel sofort nach Polizeihülfe zu wimmern. Aber das ist doch auch nicht zu leugnen, jene fast schrankenlose Ungebundenheit des Gewerbfleißes, wie sie namentlich vor kurzem noch in England herrschte, gleicht der Sonne, die neben dem Weizen auch das Unkraut in höchster Üppigkeit hat wachsen lassen. Vogelfreiheit ist keine rechte Freiheit! Wenn die Ältern z. B. nöthigenfalls gezwungen werden, ihre Kinder zur Schule gehen zu lassen, so ist das im Ernste doch keine Freiheitsbeschränkung, vielmehr eine Freiheitssicherung der armen Kinder gegen etwaige Gewissenlosigkeit der Ältern. Es ist noch gar nicht lange her, daß sich die englische Polizei durchaus nicht um die Bauart der Städte kümmerte. Jedermann konnte todte Thiere auf der Straße liegen lassen, stinkende Pfützen konnten entstehen und dgl. In Manchester waren von 687 Straßen 284 gänzlich ohne Pflaster, sodaß die Stadt einem kolossalen Dorfe glich. In der neuern Zeit ist Vieles auf diesem Gebiete anders geworden, und zwar größtentheils von der, gegenwärtig so reizbaren, Sorge für das Wohl der niedern Classen ausgehend. So hat z. B. das Parlament die Fabrikessen mit vollkommener Verbrennung (chimneys with perfect combustion) durch eine wöchentliche Geldbuße für Benutzung der unverbesserten Schornsteine befördert; man rechnet, daß auf diesem Wege an 10% des Brennmaterials gespart und für Manchester allein an Kleidung, Wäsche, Waschlohn u. s. w. ein Schaden von beinahe 100000 Pfund Sterling verhütet wird. (L. Faucher.) Auch die früher beschriebenen Gräuel der Kohlenbergwerke sind von der Gesetzgebung, wenngleich etwas rasch und gewaltsam, doch mit dem besten Erfolge angegriffen worden. Wie mancher durch Maschinen bewirkte Unfall wäre verhütet, wenn man die Eigenthümer gezwungen hätte, die gefährlichen Theile mit einem Geländer zu umgeben. In Kohlengruben könnte man Ventilationsschächte anbefehlen, die freilich Geld kosten, statt einzubringen; in Werkstätten Ventilationsfenster. Gerade England mit seiner gewerblichen Superiorität könnte hier am ersten vorgehen, ohne deßhalb im Preise der Waare von seinen Nebenbuhlern überflügelt zu werden. Auch in Bezug auf die Fälschungen der Fabrikuhr, der Fabrikwage, die wol im Interesse des Unternehmers vorkommen sollen, würde eine präventive Beaufsichtigung durch Staatsbeamte leicht besser wirken, als die jetzt übliche, rein gerichtliche Abhülfe; zumal der abhängige Arbeiter nicht gern seinen Herrn verklagt und die Friedensrichter gewöhnlich demselben Stande und Interesse angehören, wie dieser.

Ich möchte folgenden Grundsatz aufstellen: der Staat ist in den Fällen zur schützenden Intervention verpflichtet, wo ein wichtiges Interesse erfahrungsmäßig bei freier Concurrenz nicht im Stande ist, sich selbst zu schützen. Dahin gehört vornehmlich der Schutz der armen Fabrikkinder, die sonst ohne Zweifel Gefahr laufen, durch den übereinstimmenden Egoismus ihrer Ältern und Fabrikherren gemißhandelt zu werden. So bestimmt z. B. nach den Vorläufern von 1802, 1816 (Peel's=Acte) und 1831 (Hobhouse's=Acte) das gegenwärtige englische Factoreigesetz (von 1833), daß in den wichtigsten Fabrikationszweigen kein Arbeiter unter 18 Jahren während der Nacht arbeiten darf. Niemand soll überhaupt zur Arbeit angenommen werden vor dem Ende des achten Jahres; die jungen Leute zwischen 8 und 13 Jahren sollen, mit Ausnahme der Seidenindustrie, höchstens 7 Stunden täglich arbeiten, die zwischen 13 und 18 Jahren höchstens 12 Stunden täglich und 69 Stunden wöchentlich.*) Frau..n werden, auch wenn sie mehr als 18 Jahre zählen, dieser letzten Classe gleichgestellt. Alle Alterszeugnisse müssen von Ärzten unterschrieben sein. Die Kinder unter 13 Jahren sollen an fünf Tagen jeder Woche eine Schule besuchen und allwöchentlich eine Bescheinigung von Seiten des Lehrers dafür beibringen. Allen in der Fabrik arbeitenden jungen Leuten ist eine Mittagsruhe von wenigstens 1½ Stunden garantirt. Die wichtigste Neuerung des Gesetzes besteht aber in der Ernennung von Fabrikinspectoren, die seine Durchführung zu überwachen haben und deßhalb jederzeit die Fabriken visitiren dürfen. Die Schwierigkeiten der Ausführung sind freilich sehr groß. Manche Kinder können gar nicht eher aus der Fabrik entlassen werden als ihre Ältern, ohne sie der Hülflosigkeit oder Straßenläuferei preiszugeben. Sehr unpraktisch ist das Vorschreiben einer bestimmten Stundenzahl; da man die Maschine, woran die Kinder beschäftigt sind, nicht theilweise kann stillstehen lassen, so wäre das beste Auskunftsmittel, die Kinder abzulösen, jedes einzelne folglich halb solange zu brauchen wie die Erwachsenen, die mit ihnen arbeiten. Die Clausel, daß nach Stockungen im Betriebe, z. B. durch Wassermangel, etwas nachgeholt werden dürfe, erlaubt manche Umgehungen des Gesetzes. Oft wurde es dadurch eludirt, daß man die Kinder Vormittags in der einen Fabrik, Nachmittags in der andern beschäftigte. Die Bestimmung wegen des Schulunterrichts bleibt an vielen Orten durch den Mangel der Schulen unwirksam. Nicht blos die Ältern, sondern für den Augenblick auch die Kinder selbst haben ein Interesse daran, sich für älter auszugeben, als sie wirklich sind. Der Besitzer einer großen Fabrik erzählte dem Dr. Ure, er habe 35 Kinder wegen zu geringen Alters fortgeschickt; nach 8 oder 14 Tagen aber seien sie alle mit formell untadelhaften Zeugnissen wiedergekehrt. Indessen trotz aller solchen Unvollkommenheiten hat das Gesetz, nach den wiederholten Berichte der Inspectoren, wenigstens den guten Erfolg gehabt, die Kinderarbeit in den Fabriken verhältnißmäßig zu vermindern. Die Fabrikherren selbst ziehen erwachsene Arbeiter vor, weil sie bei denen nicht soviel gesetzliche und polizeiliche Plackerei haben. Auch in Frankreich, zumal im Elsaß, hat das Gesetz vom

---

*) In Frankreich war es früher sehr gewöhnlich, daß die acht= bis neunjährigen Fabrikkinder 14 Stunden täglich arbeiteten, wovon blos zwei mal eine halbe Stunde zur Mahlzeit freigegeben wurde. Dazu kamen dann oft noch die langen Wege nach und von der Fabrik.

22. März 1844 manche Fabrikherren veranlaßt, ihre Arbeitskinder von sechs bis sieben Jahren mit zwölfjährigen zu ersetzen. Das englische Gesetz von 1802 war ausschließlich für die Kinder aus den Armen- und Waisenhäusern bestimmt; darum warf sich die Speculation hernach mehr auf solche Kinder, die noch Ältern hatten, zumal auf die Kinder der Fabrikarbeiter selbst. Im Jahre 1833 hatte Lord Ashley die Verminderung der Arbeitszeit auf alle, auch die erwachsenen Arbeiter ausgedehnt wissen wollen; die Arbeiter selbst wünschten dies, nur ein Amendement von Lord Althorp beschränkte das Gesetz auf die Frauen und Unerwachsenen. Ich halte diese Beschränkung für sehr angemessen, denn die Einmischung des Staats in die freie Bewegung der Industrie ist an sich ohne Zweifel ein Übel. Man darf also nur im Nothfalle dazu greifen, und wenn das Übel, welches dadurch verhütet werden soll, unzweifelhaft noch größer ist. Daß nun erwachsene Männer im Ernste der polizeilichen Vormundschaft bedürfen, um sich nicht selbst zu überarbeiten, kann ich nur unter Voraussetzung eines so blinden und sklavischen Volkscharakters annehmen, wie er in England gewiß nicht vorhanden ist.

Alle solchen und ähnlichen Ideen werden heutzutage, nach dem Vorgange L. Blanc's, gern mit der Bezeichnung „Organisation der Arbeit" zusammengefaßt. Kein glücklicher Ausdruck, wie ich glaube, so modern er sein mag. Gar leicht wird man dadurch zu dem Irrthum verführt, als wenn bisher die Arbeit unorganisirt gewesen wäre; obschon jeder Kenner, der sich nur die Mühe des Nachforschens geben will, das organische Walten von Naturgesetzen auf diesem Gebiete Jahrtausende zurückverfolgen kann. Es bedarf eben nicht der Organisirung überhaupt, sondern einer theilweisen Um- und Reorganisirung der Arbeit, weil jeder Organismus dem Altwerden ausgesetzt ist, also der Verjüngung bedarf, um immer fortzudauern. Versteht man nun, wie gewöhnlich, unter Organisation der Arbeit eine Leitung der Industrie von Staatswegen, so wird doch Jedem, welcher nur die mindeste wirkliche Kenntniß der Gewerbe hat, sofort einleuchten, daß sowol Grad wie Art dieser Leitung bei jedem verschiedenen Gewerbszweige verschieden sein muß. Eine Leitung, welche das eine Gewerbe vollständig lähmen würde, kann für ein anderes recht erträglich, ja erwünscht sein. Niemand sollte deshalb solche Projecte machen, ohne die genaueste technologische Ausführung im Detail. Je allgemeiner der Plan gültig sein will, umsomehr bezeugt er den unpraktischen Sinn, ja die Unwissenheit des Verfassers. Am nützlichsten für Wissenschaft und Leben wird auf diesem Felde gearbeitet, wenn man die historischen oder statistischen thatsächlichen Beispiele von Staatsleitung der Industrie nach ihren Bedingungen und Folgen prüft, wie das unter Andern M. Chevalier hinsichtlich der Soldatenarbeit, J. Weiske hinsichtlich des Bergbaus gethan haben. Insbesondere hat die ältere deutsche Bergverfassung den Gegensatz von Privatindustrie und Staatspolizei seit Jahrhunderten gut zu versöhnen gewußt: durch ihre eigenthümliche, ganz auf die Eigenthümlichkeit des Gewerbes selbst gegründete Combination von Regalität und Freierklärung des Bergbaus. Hier ist der Grundsatz der Association im höchsten Grade entwickelt, gewöhnlich nicht allein für das einzelne Bergwerk, sondern auch für die Bergwerke des ganzen Landes. Die Arbeiter pflegten eine gesicherte Bezahlung und Beförderung zu haben; die Arbeitszeit war gesetzlich bestimmt, ebenso das Alter, wo die Knaben anfingen mitzuarbeiten; die Frauen wurden in der Regel gar nicht mit herangezogen. Für die Alten und Kranken, die Witwen und Waisen war gesorgt; selbst gegen Theuerung boten die Staatsvorrathsmagazine eine Assecuranz. Alles Dies freilich bedingt durch eine strenge Disciplin, die aber doch mit der Freiheit der Arbeiter nicht unvereinbar. An solchen Beispielen soll der Projectenmacher studiren, wenn er zum Reformator werden will. *Opinionum commenta delet dies, naturae iudicia confirmat!*